Der moralische Antagonismus

Für
Martin Luther King und Mahatma Gandhi

Manu Kumar Loganey
Der moralische Antagonismus

© 2004 Manu Kumar Loganey
Herstellung und Verlag: BOD GmbH, Norderstedt
Erste Auflage 2004 – alle Rechte beim Autor
ISBN 3-8334-1162-7

Inhalt

Hamburg-Downtown

Der Weg über den Steindamm, vorbei an vielen Türkischen Läden: Hemden 3 Euro, Technischer Schnickschnack, Kitsch in Neon Farben und allerlei sonstiger Plunder. Hinein ins Café, beim Marokkaner. Wenn man diese Weltstadt so betrachtet, wird jeder davon überzeugt sein zu sagen, dass Hamburg schon eine unterhaltsame Metropole ist.

Vielleicht, weil mich städtische Grenzgebiete und ihr proletarischer Charakter reizen, schlendere ich gern durch verarmte oder einfache Wohngebiete, meist jedoch eher wegen der nicht deutschen Kulturen auf den Straßen. Jeder Stadtteil hat seinen eigenen Charme, dem ungeachtet ist es aber wie folgt: Wenn man die Liebe im Herzen zu allen Gegenden dieser Welt hat, so zieht es einen in Hamburg automatisch in Umgebungen mit Ausländern! Wissen Sie warum?

Um sich ein paar Stunden im Nirgendwo wohl zu fühlen, weitab von Ordnung und Disziplin, um sich von Deutschland zu erholen!

Erst einmal ist jeder Mensch auf der Straße mein möglicher Freund, obgleich ich mit einigen Ängsten im Bauch manche Gegenden absichtlich zur Dämmerung des Tages hin meide. Aus Vorsicht, verstehe sich.

Wissen Sie, Hamburg variiert zwischen Trägheit und Bewegung. Die Mönckebergstraße zum Beispiel, dort herrscht die totale Bewegung – während in Gebieten wie Bramfeld und Neuwiedenthal eine gewisse Schwere den Stadtteil samt Bewohner lähmt. Es muss mit der Klassenzugehörigkeit, der einfachen Nahrung oder dem beengten Lebensblickwinkel im Leben der Leute zusammenhängen, welches sich wiederum aus ewiger Lohnabhängigkeit und schlechter Schulausbildung zu einem pessimistischen Cocktail zusammensetzt.

Unglaublich, aber mir kommt da so ein Gedanke: Also wenn, ja wenn aber der Zustand der Herzenshaltung ausschlaggebend für eine negative Stimmung oder eine positive (unbeschwerte) Stimmung ist, ja dann könnte man falsche Schlüsse ziehen und sagen, die mittellosen Gegenden hätten es nicht besser verdient, wenn die Menschen halt so muffelig und träge sind?! Beachten Sie bei ihrem Gedanken bitte Folgendes: Während das *Consumer-Paradise* Freude vermittelt, so doch nur, weil die Gehälter der Bewohner ihnen ein besseres Leben ermöglicht, der Mensch definitiv oberflächlich gesehen zufriedener durch seine Klassenzugehörigkeit wird, er aber über sein Herz wenig Bescheid weiß.

Folgende moralische Deutung sei erlaubt ...

Meine Erfahrungen als Sozialarbeiter in Neuwiedenthal bestätigen sowohl diese Argumentationen als auch das Gegenteil, es kann widerlegt werden anhand der Realität. Die einfältige Art der Jugendlichen in Randgebieten Hamburgs ist immer voller Elan, bei der Arbeit schwappte immer eine Energiewelle der Freude auf mich über, viel deutlicher wahrzunehmen als das Gefühl, das ich habe, wenn ich in der edlen Einkaufspassage der Innenstadt umhergehe. Das zeigt deutlich, das der Moment der Begegnung das Entscheidende dafür ist, wie wir miteinander leben. Nicht die Klassenzugehörigkeit macht glücklich oder unglücklich, sondern die Herzenshaltung!! Wo sich die Menschen öffnen, für ein gutes Gespräch oder für ein paar Albernheiten, für eine kurze nette Unterhaltung, sich freundlich auf der Straße grüßen – ja, dort ist echte Lebenswärme vorhanden. Während in der blitzblanken Mönckebergstraße Menschen von einander (wenn auch glücklich im Konsumrausch) getrennt leben. Unterscheidend wichtig zu nennen, ist Folgendes:

Liegt eine gewisse Schwere in der Luft eines sozial belasteten Stadtteils, kann aus der Region trotzdem Menschlichkeit erwachsen. Denn Freundlichkeit kann alles überbrücken und einem öden Stadtteil zu Lebendigkeit verhelfen. Ein nettes Gespräch strahlt Menschenfreundlichkeit aus und aus der Zusammenkunft von guten Gedanken wächst ein Antigen gegen die negative Stimmung, die den Stadtteil zu lähmen versucht!! Somit können alle Mitbürger aus der alten Unfreiheit ihres Stadtteils ausbrechen und den Weg für das Miteinander frei machen, dann wird auch die Belastung eines Stadtteils verschwinden und plötzlich wird aus der tristen gefühlten Atmosphäre ein freundlicher Raum der Begegnung.

Zeigt uns das nicht, das jeder einzelne Mensch, der uns heute oder morgen begegnet, zum Gesamtklima beitragen kann, und dass es auf jeden Moment und jeden inneren Gedanken ankommt?!

Entscheiden wir uns sofort für die Freundlichkeit und für das, was anderen eine Freude macht, so tragen wir zum gesamten Stadtteilklima bei. Und letztendlich sind wir es selber, die jeden Nebel der Lähmung beseitigen können, wenn wir uns täglich für unser Gewissen entscheiden, welches uns aus der innewohnenden Vernunft heraus zwingen wird, jedem Menschen mit Wohlwollen zu begegnen!

MANU LOGANEY

Der Tisch, an dem ich saß

Der Tisch, an dem ich saß, bewegte sich bei jedem kleinsten Windhauch. Er ruckelte bei jedem Luftzug und ich musste ständig Angst um meinen viel zu heißen Cappuccino haben, denn auf der Untertasse badeten schon Flüsse kalten Kaffees. Es war einer dieser Augenblicke, wo man überlegt, ob man sich fort setzen sollte und somit die gesamte Aufmerksamkeit auf sich zieht, in einem voll besetzten Café, wie diesem hier, oder ob man es riskiert, den Aufenthalt im Café mit latenter Panik zu verbringen, weil jederzeit der Mist einem auf die Kleidung fallen könnte. Und dann zieht man doch wieder alle Aufmerksamkeit ungewollt auf sich. Was also tun?

Nach längerem Überlegen und Abwägen, nach dem Ausschauhalten nach anderen freien Plätzen, nach meiner miserablen Stimmung zu urteilen, entschied ich mich dann doch für die Zitterpartie. Warum? Weil alles eh immer so kommt, wie es kommen soll. Fragen Sie SENECA oder SPINOZA.

Zeit verging.

Die Serviererin brachte mir meine Spinatpizza und ich versuchte, in Ruhe zu essen. Gedanken verirrten sich auf Abwege, um bloß nicht an die Möglichkeit denken zu müssen, das bald jemand gegen den Tisch stoßen könnte und ich somit mal wieder unaufgefordert im Rampenlicht der Welt stehen muss. Wie viel Minuten mussten vergehen, um den heißen Kaffee trinken zu können? Wann würde er abkühlen?

Ich dachte einfach an meine letzte Reise durch Brasilien, an die wunderbaren Menschen aus vielen Kulturen, an die Freundlichkeit mit der die einfachen Brasilianer einem begegnen konnten, ja, und nicht zu vergessen an die FAVELAS, die ich besucht habe. Diese großen Stadtrandgebiete voller Gewalt und Drogen. Der Platz, wo die Ausgestoßenen der

Gesellschaft lebten. Dort, wo man für 100 Euro einen Mord begehen würde ... schreckliche Vorstellung ... schrecklich ... aber es half mir, meinen Kaffee zu vergessen.

Sehen Sie, mein Cappuccino kostet hier in diesem Bistro 2.50 Euro, für dieses Geld wäre es möglich, in Bombay eine Familie mit Brot und Gemüse zu versorgen. In Brasilien könnte man das Geld für ein Heim spenden, das Straßenkindern den sicheren Tod erspart. Wissen Sie – in so einem Heim besteht die Sicherheit, dass die Kinder nicht nachts von Todesschwadronen der Polizei einfach wie Vieh erschossen werden. Aber was geht uns das an? Wir haben ja MTV.

Ach, wissen Sie, das Thema ist unangenehm – ich weiß das, habe das auch nicht gern, aber wenn man sich diese ungerechte Welt vor Augen hält, also man sich einmal die Zeit dafür nimmt, daran zu denken, ungehemmt und ehrlich, so schwindet die Idee der westlichen Coolness sehr schnell und ein konfuses sich Hinterfragen beginnt: Warum ist die Welt nur so schlecht? Warum versuchen wir alle, cool zu sein?

Oder ...

Warum schwappt gerade der Wert von 2 Vollkornbroten in Form von vergossenem Kaffee über meine Untertasse? Warum wird dieser Kaffee nicht in diese Vollkornbrote umgewandelt und unter allen Umständen von den Slumbewohnern in Bombay verzehrt? Warum rettet die Regierung in Brasilien die Straßenkinder nicht einfach sofort? Lula, beschleunige dich, **Sofort**programme statt Debatten!

Nach langem sich beraten ...

Die inzwischen verzehrte Pizza war mal wieder viel zu fettig, stellte ich fest – ach, wo ich gerade dabei bin: Wissen Sie eigentlich, wie gut wir es hier in Deutschland haben? Ich meine, wie fettig das doch alles ist, pfui pfui. Her mit den Diäten!!

Würde ich nicht die verschiedenen Länder der Welt bereist haben, würde ich meinen eben begonnenen Gedanken weiter nachgehen und weiter mäkeln über dieses und jenes im Alltag Hamburgs. Aber da ich gesehen habe, das Unbegreifliche(!), werde ich nicht weiter über zu fettige Pizzas meckern oder über sonstige Essensdefizite in unserer westlichen Welt. Alles Chemie für den Körper, aber was soll'ste machen? Industrie und Konzerne – viva, viva. Ich schlage daher vor, dass ich Ihnen das Ende dieser Geschichte erzähle:

Die Bedienung brachte mir nach einigen idyllischen Minuten, wo ich einmal im Leben an gar nichts dachte, die Rechnung und es blieb alles friedlich ... bis zu dem Moment, wo sie das Tischbein mit ihrem Schuh berührte und sie dadurch den Tisch zum Kippen brachte und den gesamten Inhalt des nicht getrunkenen kalten Kaffees, den ich aus Protest zu dieser ungerechten Welt nicht angerührt hatte, weil ich keine zwei Vollkornbrote einfach in mich hineinschlingen wollte – über den gesamten Tisch verteilte. Es war der Hammer, alle Gäste schauten mich an, einige Leute kicherten. Normalerweise wäre ich in solchen Momenten voll unsicher, doch irgendetwas sagte in mir, dass dieser Kaffee, wenn er schon nicht in Brote umgewandelt wird, es so doch gerecht wäre, wenn ihn dafür **keiner** trinkt.

Ich durchdachte alles noch mal ... klang aber richtig.

Schließlich führte diese Peinlichkeit dazu, dass ich mir binnen von einer halben Stunde des Nachdenkens den Entschluss fasste, mit einigen hundert Euros in der Tasche ein Slum in Bombay besuchen zu wollen und anschließend den Nonnen, die in den Favelas von Sao Paulo arbeiten, ebenfalls einen Besuch abzustatten.

Schließlich kann ich diese Menschen genauso finanziell unterstützen wie ich meinen Bauch materiell mit tausend Leckereien ständig unterstütze. Viva Capitalismo?

Oh Europa, Oh Europa – sprich: denn ich hatte etwas begriffen, eine Klarheit regierte nun in mir, die Verantwortung, für andere mitzudenken, als eine Lebensaufgabe zu begreifen. Außerdem fühlte ich mich freier als zuvor, ich spürte überhaupt keine Peinlichkeit mehr aufkommen, sondern nur den Wunsch, allen Menschen dieser Welt von meinen Überlegungen zu erzählen.

Können wir nicht alle zusammen nach Recife oder Sao Paulo oder nach Kalkutta oder nach Äthiopien fahren und gemeinschaftlich für unsere Mitmenschen etwas Unterstützendes und Lebensrettendes aufbauen?

HÄTTEN SIE, LIEBE LESER – ZEIT UND LUST...?

I have noticed that it's dawn, but I stay longer if you want?

Die Balkontür öffnete sich mit einem lauten Quietschen. Der Blick vom Balkon, hinunter auf die Stadt Hamburg, war überwältigend. Hier aus dieser Höhe schien das bunte Treiben der Menschen, an einem warmen Samstagabend, irgendwie unwirklich auszusehen. Die Leute hechteten von Straßenseite zu Straßenseite, von Café zu Café, von Restaurant zu Restaurant, von dort weiter in die Autos und ab die Post in das Nachtleben hinein.

Ich überlegte:

Wenn ich ein Buch schreiben würde über diese Stadt, in diesem Moment des warmen Sommerabends, dann würde ich den Buchtitel : *In den Straßen des Hedonismus*, wählen. Aber leider bin ich noch nicht so weit, dass ich ein Buch veröffentlichen könnte. Obwohl ich manchmal schon zum Griffel greife. Nun, in der heutigen Zeit ist der Griffel der Laptop, und veröffentlicht wird heutzutage am laufenden Band jeder Schrott.

„Da unten tut sich was, nicht wahr?" Mit einem Glas Baileys in der Hand nahm Eva das Gespräch auf. Zurückhaltend und verlegen erwidere ich: „Kleine Punkte, die man Menschen nennt – es wirkt so unwirklich von hier oben."

Noch bevor ich aussprechen konnte, warf sie sich dazwischen: „Ja, das Gefühl habe ich ständig, wenn ich da unten runter schaue, alle wirken unwirklich, wie ein Film auf der Leinwand. Und ich sage dir, es passieren wirklich die verrücktesten Sachen auf den Straßen Hamburgs, besonders in unserem Viertel, die Sternschanze ist einfach einmalig unterhaltsam."

Gespannt und neugierig sah ich Eva an. Doch sie sprach nicht weiter, stattdessen nippte sie an ihrem Glas. Ich überlegte kurz, ob jetzt der richtige Zeitpunkt wäre, dann gab ich diesem Drang nach, der mich schon seit Wochen quälte, also sagte ich plötzlich:

„Ich hoffe, es macht dir nichts aus, Eva, dass ich dich jetzt etwas Ernsthaftes frage?"

Diesmal schaute sie gespannt und aufmerksam an mir hoch, bewegte ihren Kopf in die Seitenlage und grinste mich erwartungsvoll an. Ich wusste um solche Momente, schließlich gibt man damit ja schon dem Gespräch eine Richtung, einen Wink. Bei der Mann-Frau-Frage schwingt immer etwas Gemeines mit, etwas, das die Frau schon die ganze Zeit seit Anbeginn unserer Freundschaft ahnte. Sie ahnt, wie dieser Freund fühlt und innerlich nach ihr brennt.

Daher ist der Moment, wo man endlich die Frau fragen möchte, ob sie sich wohl vorstellen könnte ..., eigentlich immer ein Schauspiel von den Frauen. Also, ehrlich gesagt, drängt der Mann mit solchen Ankündigungen die Frau dahin, alle Floskeln jetzt fallen zu lassen und bekommt somit alle Aufmerksamkeit für den Moment geschenkt, indem er ihr wiederum sein Begehren offenbaren kann. Welches sie ihm schon von Anbeginn angesehen hat.

War das jetzt verständlich?

„Nur zu", sagte sie etwas zu selbstsicher, genau so, als wenn sie es die ganze Zeit über wusste ...

Ihre blauen Augen schimmerten in diesem Südsee-Wasserblau, was mich immer sehr faszinieren konnte. Trotz der eingesetzten Dämmerung, dem Sonnenuntergang um uns herum, wirkte ihr Gesicht so wie sonst, strahlend süß. Ich wagte einen Anfang. Sie sah mich grinsend an. Ich kannte diesen Blick von ihr. Denn, genau dieser Blick war es, der mich unsicher werden ließ. Sie war schließlich ein viel zu niedliches Weibchen. Wir hatten die letzten Wochen gemeinsam viel diskutiert. Ihre Diplomarbeit über Paulo Freire musste ich manchmal nächtelang mit ihr korrigieren und in Stunden der Dämmerungen, wenn der Schlaf in unseren Gehirnen anklopft und die Fassade der Menschen beginnen zu fallen, zeigt sich der Mensch gern von vielen echten Seiten. Und eine dieser offen gelegten Seiten war in diesem Moment der Gesichtsausdruck von Eva. Nach dem Motto: „Was möchtest du mir, der *Unschuld vom Lande,* denn nun sagen?!"

Kennt ihr das?

Wenn die Frau genau weiß, was man krampfhaft und durch viel Überwindung ihr mitteilen möchte, sie aber lieber die Nichtwissende spielt, um der Annäherung eine weitere Hürde zu setzen? Die guten Sitten also aufrechtzuerhalten versucht? Kennt das irgendjemand da draußen außerhalb meiner Zeilen, die aus dem Leben in Hamburg sprechen? Erstaunlich – Leser, dass ihr Entsprechendes teilen könnt mit mir.
Aus Trotz entschloss ich mich, ihr meine Gefühle nicht so leicht zu offenbaren. Ich machte einen vorsichtigen Rückzieher:

„Eva, Folgendes: Also, die Sache mit deiner Diplomarbeit, ... ich bin mir nicht sicher, ob ich den Abschlusssatz richtig verstehe. Wollen wir den noch mal durchgehen?"
Evas Ausdruck ermattete, komisch – denn Enttäuschungen ließ sie sich doch normalerweise nicht anmerken, jetzt indessen schon. Sie nickte einfach nur, dachte sich ihren Teil und fing dann doch langsam wieder an zu grinsen: „Na klar!", sagte sie schließlich locker fröhlich wie immer.
Diese Frau war mit ihren knapp dreißig Jahren sehr reif, sie wirkte eher wie eine Professorin der Humanpsychologie oder wie jemand, der an der HWP Unterricht erteilte. Ich presste die Lippen zusammen, überlegte und fand keinen Anfang. Ehrlich gesagt wollte ich ihr lieber sagen,

dass ich sie gern habe und dass ich sie an Ort und Stelle am liebsten sofort ... *oh bitte ... Autor, verschone uns mit deinen Begierden!* Liebe Leser, denken sie nicht zu weit. Glauben Sie etwa, ich wäre angreifbar? Auf jeden Fall gebe ich zu, dass mein Mund zu schnell war, denn nun musste ich über ein Thema reden, das mir nur halb geläufig war. Es fiel mir schwer, Definitionen wie *Die Bürgerliche Moral und die Dritte Welt* zu finden. Paulo Freire ist eher etwas für die Studientage von montags bis freitags, nicht für Samstagabends geeignet. Nun wie auch immer. Ihre Arbeit behandelte das Thema: die Dritte Welt und das Pädagogische Prinzip bei Paulo Freire. Und eigentlich wollte ich ihr nur sagen, dass der Abschlusssatz von ihr irgendwie wie eine Moralauffassung von Theologen aus dem letzten Jahrhundert klang:

„Zu meinem Thema bin ich gekommen, da mich die Aufenthalte in Mittel- und Süd-Amerika sehr sensibel gemacht haben, besonders für die Armut der Menschen und ihren Wegen der Überwindung von Zwangsstrukturen. Dieses Interesse führte mich an das Thema Freires heran und besonders an seine für die Sozialarbeit revolutionären theoretischen Überlegungen – die Philosophie der Tat."

Aber wie sagt man ihr das, ohne sie zu verletzen?

Ich fing einfach an zu plappern, wie immer, wenn es um Politik geht:
„Eva, die Postmoderne ist nicht gerade meine Zeit. Ich könnte mir auch eher vorstellen, in der Zeit um Immanuel Kant oder Schoppenhauer leben zu wollen, oder Paris des Jahres 1871 kennen zu lernen, echt, Eva, das wären mir die liebsten Lebenszeiten. Aber wir sind beide nun mal hier im Jahre 2004 angekommen oder hingestellt worden. Also, ich will damit sagen, dass ..." – Ich durfte den Satz nicht zum Abschluss bringen, da Eva mal wieder intervenierte:

Lautstark kicherte sie frech. Dann, nachdem ich sie verdutzt anschaute, weil sie es wagte, mich zu unterbrechen, grinste sie mir feminin entgegen und sagte ironisch und schnell: „Och, komm schon, die Welt ist doch toll, im Hier und Jetzt finden wir doch unsere Ruhe oder nicht? Hey, die Postmoderne bringt uns echte Lebensruhe, meinst du nicht auch?" – Ich stutzte und dachte daran, dass unser Leben in Hamburg und wohl auch in Europa wie ein „Ramones Konzert" war: Es gibt keine Pausen zwischen den Liedern …

Da war sie wieder, ihre sarkastische Ader. Sie war so etwas wie eine Fundamentalistin von alten Werten der Tugenden aus dem letzten Jahrhundert. Da hatte ich den Beweis. Sie maß sich an, alles zu ironisieren, selbst mich wagte sie aufs Korn zu nehmen, warum nur? *Impertinenz! Grandiose Bissigkeit. Grandiose schöne Eva. Werde mein und rede nicht.*

Evas Empfindungen von Ehe und Liebe entspringen eher einem Gedicht von Rilke, als das jemand von der Uni sie noch ernst nehmen würde. Sie sagt in Seminaren manchmal Sachen wie, ich zitiere: *„Einen einzigen Mann fürs Leben. Keine Scheidung. Viele Kinder. Einen großen Bauernhof mit Tieren … vegetarisch leben, das sind Dinge, für die ich leben möchte."*

Entschuldigt, brave Leser, aber das ist voll nicht angesagt in der heutigen Studentenschaft. Echt nicht. Hey, vegetarische Kommunen und so, das ist vorbei. Echt. Leider wahr. Aber Eva ist das egal! Sie glaubt an Tugenden. Treue bis zum Tod und Liebe auf den ersten Blick mit anschließender Heirat. Jeder findet Eva deswegen seltsam. Ihr wurde unterstellt, katholisch zu sein, was sie verneinte. Jeder Mann findet Eva natürlich attraktiv, aber jeder Mann resigniert auch nach dem dritten Anlauf mit coolem Geha-be, ihr den Hof machen zu wollen. Eva ist halt Eva. *It is just her.* Freunde sagen mir manchmal, dass sie glauben, dass Eva vielleicht in der falschen Zeit geboren wurde, ein Versehen der Natur und solche Sachen. Klar wird dann viel gelacht. Aber irgendwie ist sie mir dadurch viel lieber geworden, als ich es sagen dürfte. Endlich mal jemand, der nicht nach dem gierigen Leben trachtet, sondern gegen die Wellen der Zeit schwimmt. Keine Anpasserin oder Modefrau. Sie ist auch keine Pseudo-Intellektuelle, da ist gar keine Arroganz in ihren Worten oder in ihrem Handeln zu er-kennen. Also, irgendwie ist sie total authentisch. Wer ist das heute schon? Außerdem trägt sie keine aufreizende Kleidung, ist vollkommen mit ihrer Jeansjacke zufrieden und strahlt jedem immer Freundlichkeit entgegen. Musi-kalisch bewundert sie die Sängerin von „Wir sind Helden", und dem Schlagzeuger stellte sie ein Zeugnis erster Güte aus: „Dem geht es noch um echte Ideale, das sehe ich – der ist so natürlich süß."

Also, wenn ich das hier so aufzähle, achtbare Leser, dann wird mir erst bewusst, wie schön Evas eigenartige Innen-welt ist. Ich fühle mich, ehrlich gesagt, sehr gut an ihrer Seite. Die anderen Studis sind nur alle eifersüchtig, weil keiner diese Frau knacken kann. Mann, es gibt doch noch andere Dinge außer dieses ständige Gieren nach: Sex, well, Sex, Sex, Sex!

„Also, Eva, die Thesen deiner Diplomarbeit halte ich alle für gut. Sogar den idealistischen Ansatz von „Empower-ment right now" finde ich echt gut. Die Gemeinwesenar-beit in Deutschland nach dem Modell von Paulo Freire aus der Dritten Welt durchzusetzen und auf deutsche Verhältnisse zu übertragen – ist genial. Echt. Genial, weil niemand in Europa Konzepte aus Dritte-Welt-Ländern annehmen würde. Also, daher schon revolutionär!! Die Arroganz der Professoren würde doch nie erlauben, dass wir unsere Konzepte nach Entwicklungsländern ausrichten.

Auch gut, wie naiv du von der Nächstenliebe als Waffe gegen Analphabetismus sprichst.

Würden wir uns also alle bewusst, in welcher Entfremdung wir zueinander leben, würden wir jede Entfremdung aufheben wollen und uns untereinander global unterstützen.

Du gehst davon aus, dass der Mensch in einem Schleier aus Verhaltensweisen gefangen ist, den wir ablegen können, wenn wir uns jeden Tag nach dem Gebot der Nächstenliebe ausstrecken würden. So hört es sich an, als ob wir das alle eigentlich bedürfen, um überhaupt miteinander leben zu können und da wir das nicht tun, leben wir auch nicht wirklich. Erstaunlich, Eva! Echt erstaunlich, und so unwissenschaftlich. Das geht bei den Professoren definitiv nicht durch!

Und da deine Aufforderung den Menschen von heute gar nicht interessiert, sind wir alle mehr voneinander getrennt als miteinander verbunden. Die Befolgung und das Erkennen des Wurzels Grundübel löst deiner Meinung nach die Hungerfrage sofort(!), genauso sehr wie die Frage nach Schulung für Behinderte, Analphabeten und psychisch Kranke – nicht nur in der Dritten Welt, sondern auch hier in Hamburg, inmitten der Elbe-Werkstätten. Somit würden die Elbe-Werkstätten ein Ort des echten Sozialismus werden können.

Mann, Eva, wer sollte dir da denn noch folgen können, oder eher wer will dir bei diesen abstrakten Ideen noch folgen wollen? Cool auch folgender Satz von dir:

„Mit der Pädagogik der Unterdrückten hat Paulo Freire Anleitung in der Pädagogik hinterlassen, die für alle Menschen dieser Welt zu einem wirkungsvollen Nutzen wurden. Überall dort, wo Unterdrückung und Unrecht herrscht, werden seine Bücher weitergereicht und gemeinsam gelesen. Und dort, wo die Menschen im Wohlstand leben, zeigen Freires Gedanken den Weg zu einem verantwortungsvollen Miteinander auf, zu der Einen Welt!!"

Wer lebt eigentlich demgemäß im Jahre 2004 so? Hamburg? Egal. Ich muss sagen, irgendwie ist es trotzdem stimmig! Mein moralischer Antagonismus will das so. Und ich als alter Utopist halte viel von Utopien. Besonders, wenn sie so leicht umzusetzen sind, wie du sie beschreibst."

Nach diesem Monolog von mir strahlte Eva über das ganze Gesicht. Ich konnte ihre Aura auf einmal in meinen Gliedern spüren. Sie war glücklich. Komisch. Ich war es auch. Es lag Hoffnung für die Menschen in diesen Worten, dabei waren das nur Textstellen aus Evas Diplomarbeit, die ich zusammengefasst hatte. Sie trank ihren Baileys aus und musterte mich mit freudigem Blick. Ich genoss ihre Zufriedenheit.

„Genau!", flüsterte sie mir zärtlich zu.

Verwirrt von dem Hauch ihres „genau", lenkte ich meinen Blick ab von ihr und sah wieder auf die Straße des Hedonismus. Sie tummelten sich noch immer dort unten. Betranken sich und hurten umher. Was machte ich hier auf dem Balkon?

Ich wusste es: Ich sprach mit der Frau meines Lebens über Güte!

Ein kühler Sommerwind kam plötzlich auf. Eva öffnete ihr Haarband und ließ ihre seidigen feinen Haare im

Wind wehen. Sofort sah ich mich mit ihr auf einer Wiese liegen und ...

... dann, meinen Sekundentraum unterbrechend, sagte sie: „Würdest du dich zurücknehmen, wenn dein Freund dich darum bittet? Ich meine, würdest du ein wenig verzichten, damit es deinem Freund besser geht? Würdest du verzichten, die Frau, für die ihr euch beide interessiert, wieder sehen zu wollen? Würdest du das tun für deinen Freund oder Kollegen? Damit es ihm gut geht? Würdest du verzichten, damit es deinem Nächsten besser geht?"

„Nun Eva", sagte ich gelassen, „das kommt auf die Frau an, wenn ich mich verliebt hätte, wäre das sehr schwer. Aber wenn ich an Joe denke, so würde ich das für meinen guten Joachim schon tun, ja, das glaube ich. Warum fragst du?" Sie schwieg.
Evas Blick war starr auf das Geschehen fünf Stockwerke unter uns gerichtet. Sie antwortete nicht. Ließ mir die Zeit, darüber nachzudenken, ob ich das ernst meinte, was ich gerade gesagt hatte. Ihr Blick wollte, glaube ich, sagen, dass heutzutage kaum ein Mensch dort unten sich zurücknimmt für den Nächsten. Sondern alle betrügen alle. Nun, mag sein, dass es übertrieben ist, aber wenn man die Gedanken lesen könnte von Freunden, was sie am liebsten alles tun würden mit Freundes Freundin und andersherum, ja, dann würde man eventuell verzweifeln an diesem untreuen Geschlecht.

„Ich habe zu viele Geschichten gehört und gesehen. Meine Freundin Sabine betrügt Achim, Achim interessiert sich aber sehr für Sabines Freundin und gibt es nicht zu, eigentlich warten alle nur darauf, dass die Karten der Beziehungen wie bei der Reise nach Jerusalem wieder neu gemischt werden können. So, dass nach einigen Monaten

Beziehungsnormalität man schnell wieder Frischfleisch verzehren gehen kann, also wird man treulos oder sucht was Neues zum Begieren. „Anything goes, rock on MTV, rock on Capitalismo, enter 68 hedonism of false socialism."

Ich war überrascht, obwohl ich Ähnliches schon oft von ihr gehört hatte. „Sehr deutliche Worte ...", sagte ich ihr daher nur zustimmend. Denn eigentlich war mein Liebesleben genauso wie das der Leute, die sie jetzt anprangerte. Ich schwieg also lieber – dachte an eine andere Sache ... aber wie das Schicksal es so will, konnte ich an nichts anderes denken. Maya war 'ne klasse Freundin, trieb es aber mit Phillip auf der Semesterparty, so dass ich mich empört und tief verletzt von ihr trennen musste. Dann zog ich Betty ab, als Rainer auf Montage in Brüssel war ... und so weiter, und so weiter ... also, irgendwie ist das alles hedonistische Scheiße ... aber was sollst du als Mensch anderes machen im Jahre 2004, und ich selber war ja dem Anschein nach auch nicht besser. Daher schämte ich mich vor Eva. Vielleicht wusste sie das ja alles über mich? Die ganze Lüsternheit und so. Also schaute ich sie lieber für diesen Moment nicht an ...

Gleichzeitig wie aus heiterem Himmel geschossen, kam mal wieder genau das zu Tage, was Eva verkörperte. Jetzt wurde es klar in meinem Kopf. Eine gewisse Reinheit war es, die mir gegenüber stand! Sie hurte nicht umher. Sie hielt sich sogar von Partys zurück. Sie glaubte an die Bestimmung, dass eine Frau für einen Mann bestimmt sei. Sie war die Langweilerin, die aber kein schlechtes Gewissen zu haben brauchte. Man konnte ihr wohlmöglich Millionen Euro anbieten und sie würde trotzdem nicht dem Trieb nachgeben, nach der Möglichkeit, reich werden zu wollen.

Mist, vielleicht gibt es so etwas wie Unbestechlichkeit ja noch. Seien wir doch mal ehrlich, liebe Leser, Eva ist die anmutigste Person, die ich kenne, die ehrlichste und echteste. Alles was es um mich herum seit 34 Jahren nicht mehr gibt, verkörpert diese Eva. Echte Zuverlässigkeit, Freundschaft bis aufs Blut, streben nach dem Glück des anderen, Zurücknahme für andere ... mama mia – wo gibt es das denn heute noch?

Ich liebte Eva dafür!!

Ich wurde mir in diesem Moment bewusst, das ich diese Frau mehr liebte als mein verkorkstes Leben ... echt.

Eva sah etwas betrübt in mein Gesicht. Schmunzelte dann und fragte mich, was ich gerade denken würde. Eine denkbar ungeeignete Frage.

Ich fühlte mich von ihr ertappt! Diese Frau liest Gedanken.

„Ach, Eva, ich will mein Leben auch ändern ... ich habe keine Lust mehr auf Hedonismus pur", sagte ich erschöpft vom Nachdenken und innerem Eingestehen. Sie fasste mir auf die Schulter und gab mir einen Kuss auf die Stirn. Ich wurde rot. Sie sagte sanft: „Wenn das Umdenken deines Lebens dieser Abend auf dem Balkon in Hamburg verursachen wird, dann war das ein sehr guter Abend, nicht wahr?"

Ich nickte nur schüchtern und mit Herzklopfen in meiner linken Brusthälfte umarmte ich sie.

Laetitia Sadier

Ich denke, dass nur ich es erfassen kann, annähernd – höchstwahrscheinlich.

Die Worte sind gehüllt in einen Schweif voller Gefühle. Nicht nur, dass du die Melodie in regelrechter Perfektion beherrscht, nein, es ist die hohe Philosophie eurer Worte und die Verbindung zu jener ausdrucksstarken Melodie, die euch und dich zu einer Tragweite der Gefühlswelt macht.

Mit der Beherrschung von Melodie, Philosophie kommt noch die Seriosität als weiterer Meilenstein zum Ausdruck, der euch zu den glaubwürdigsten Protagonisten eurer gelebten Philosophie werden lässt. Ein Schließen der Augen als Beweis, mit welcher Intensität ihr die Musik erspürt und sie auf allen Schwingungen lebt, eine Identifizierung mit den Bewegungen der Musik.

Dein Gesicht ist in meinen Augen der höchste Träger deiner Inneren Welt, hier wird deutlich, welche Seele in dir wohnt. Augen sprechen über dein Empfinden und über Scharfblick – was dein Sein nun einmal bestimmt. Du weißt, was du beinhaltest, dennoch zeigst du eine klare Abgeklärtheit, die das Ganze wie einen Zufall ausschauen lässt, ich meine, das Auf-der-Bühne-Stehen und vermitteln. Die Arroganz und das Überspielen von Unsicherheiten sind Charaktermerkmale des Publikums, trotzdem wird die politische Musik übermittelt, als ein Baustein für die Menschheit. Als Alternative zum bürgerlichen Leben. Weiterhin ist das Publikum dem eigenen Leben ausgeliefert. Ja, es wird nach dem Konzert in die gleichen Verhaltensmuster zurückspringen, wie vor dem Konzert. Es beherrscht ihr Dasein. Du durchschaust sehr wohl, lässt sie in ihren Positionen und gibst dich deiner Fügung hin und singst. Nur manchmal kreuzt sich unser Blick, und wir beide stoßen aufeinander – was ist das für ein Gefühl? Wenn du spürst, wie jemand dich mit seinem Blick perforiert, nur weil er die Abläufe genauso erkennt wie du. Ja, aus Begeisterung ist nun analytisches Verständnis geworden, ich begreife ein bisschen und schmecke einen Teil deiner Existenz.

What's society build on? It's build on bluff.

Die emotionsvolle Vermittlung ist ein kostbares Stück, es ist ein Einwirken auf den menschlichen Gemützustand, ein positives Bestimmen bei der Vermittlung von Informationseinheiten für die Gefühlsebene.

Laetitia, dieses ist dein Platz in der objektiven Welt, in deiner Subjektiven ist sicherlich noch vieles interessanter, doch so weit kenne ich dich nicht.

Nur so viel: Eine Ausstrahlung ist immer auch ein Zeichen für geistiges Bewusstsein.

Yours,
red sleeping beauty

If the world doesn't understand than the world has got to learn

„Tiffany, Hey Tiff, was hältst du davon, schwimmen zu gehen?" Terence stand einfach auf, nahm die Hand seiner Arbeitskollegin und zog sie durch seine freche Handlung aus ihrem Arbeitstrott heraus. Bevor sie wusste, was geschehen war, zog er sie einfach weiter. Sie ließ vor Schreck den Schraubenzieher fallen, er ging einfach weiter mit ihr: „Tom, was machst du – hey, bist du denn völlig verrückt. Hey ... wohin? Was, schwimmen? Are you crazy ...?" Tom gab ihr keine Antwort. Mit frechem Grinsen auf dem Gesicht schob er sie hinter sich her. Direkt durch die herumstehenden Arbeiter, an ihren Fließbändern vorbei und hinaus aus der Fabrikhalle. Die Mitarbeiter grinsten und machten Anspielungen: „Ho ho, hey, ihr beiden, lasst euch ja nicht vom Chef erwischen." Der Vorarbeiter setzte sogar noch einen drauf und sagte spöttisch: „Na, wann wird denn geheiratet, ihr beiden Hübschen?" Die gesamte Belegschaft jubelte. Tiffany, rot werdend, schien es, als wenn ausnahmslos jeder Arbeiter der Autofabrik von Halle 2 bei der Arbeit innehielt und ihnen hinterher lachte.

Bei Ford, in der Halle 2, wurde viel gescherzt. In diesen Werkstätten und Fabrikhallen wurde auf den Tag verteilt zwar wenig Kultiviertes oder Geistreiches ausgetauscht, aber dafür wurde während der Arbeit viel gelacht. Die Herzlichkeit war Grundtenor der Arbeiter, die alle dasselbe Schicksal von 920 Dollar im Monat teilten. Die Belegschaft war also eigentlich stets gutgelaunt, und war mal jemand mürrisch, wurde der auch einfach in Ruhe gelassen.

Es gab auch einen Chef in Halle 2, der die Vorarbeiter ziemlich dazu anheizte, nicht zu viel Privatglück im Arbeitsleben der Arbeiter aufkommen zu lassen. Die Vorarbeiter erhielten strikte Anweisung, möglichst immer die kleinen Raucherpausen der Belegschaft zu unterbinden. Glücklicherweise hielten sich die Vorarbeiter nicht an die Order. Schließlich waren diese Vorarbeiter vor Jahren ja noch selbst gewöhnliche Mitarbeiter am Fließband. So gesehen war die Arbeit, trotz der Eintönigkeit am Band, ein Stück gut gemachter, selbst ironisierender Alltag. Durch die harte Arbeitswoche konnte eine gewisse Lockerheit und Freundschaften zwischen den Kollegen aufkommen, die alle Arbeit erträglich machte. Die Belegschaft war daher mit der Arbeit bei Ford relativ zufrieden. Außer Tom. Er musste ausbrechen aus dem Alltag der Trägheit und des Vegetierens auf Erden. Irgendwie musste er raus aus allem.

Tom setzte Tiffany in seine fünfundzwanzig Jahre alte, grün lackierte Ente, zog seinen Blaumann aus und brauste mit stotterndem Motor los in Richtung Conny Island. „Du bist ein Verrückter Kerl, Tom ...", begann Tiffany sichtlich aufgeregt, „du glaubst wohl, dass Jobs überall auf der Straße liegen – was? Hey, und wenn der Chef das mitbekommt? Dann sind wir gefeuert ... verstehst du, gefeuert!" Sie blickte Tom entsetzt vom Beifahrersitz an. Doch Tom reagierte nicht. Er blickte nach vorn und fuhr einfach weiter. Nach einer Weile sagte er: „Tiff, du bist diesen Job doch auch satt, oder? Schau, ich stand heute vor der Maschine, an die mich unser Vorarbeiter für diese Woche eingesetzt hat, also, ich stand da so 'ne Stunde, bewegte mal den einen Hebel, mal den anderen. Auf einmal empfand ich ein unglaublich leeres Gefühl. Ich kann es dir nicht beschreiben, aber es war so, als wenn die Welt nicht vorwärts gehen würde, sondern stehen bleibt. Ich dachte an mein Leben, 26 Jahre jung. Ich dachte an dich, Tiff. Mit deinen 24 Jahren bist du nun schon von einer Krise in die andere gefallen, ich meine: Du hast mir das doch alles erzählt, mit deinen Typen, die dich ständig betrogen haben und mit dem letzten Typ, der dich angeblich heiraten wollte und dann untergetaucht ist, und was ist mit deiner ständigen Geldnot. Hey, ich finde, du hast das alles nicht verdient. Deine Eltern sind geschieden und hassen sich, deine Aunty hasst deine Ma aus irgendwelchen belanglosen Ego-Gründen, dein Pa hasst seinen Bruder, weil der ihm Geld schuldet, und so weiter, alle hassen irgendwie alle und keiner sieht die Zeichen! Ich meine, wirkliche Zeichen – also dass die Erde sich durch unsere widerliche Art der Ausbeutung immer mehr erwärmt und sowieso bald in einer Katastrophe enden wird. Mann, Tiff, ich lass dich nicht einfach vegetieren ...

Wenn die Welt das nicht versteht, dann muss die Welt eben lernen ...

Beide schwiegen während der Fahrt nach Conney Island, Tiff wusste nur zu gut, das Tom Recht hatte, alle Menschen schienen in dieser Welt in einem ständigem Nebel der Ichbezogenheit umherzuwandeln. Das amerikanische Wirtschaftssystem, die Europäer mit ihrer Gier und die anderen wirren Länder dieser Welt.

Tom knabberte an seinem Erdnussmüsliriegel, während Tiff sich die Fußnägel lackierte. Die Ausfahrt kam nach einer Dreiviertelstunde. Jetzt waren sie endlich ihrem Ziel näher gekommen. Die Freiheit wehte über das offene Dach der Ente und Tom drehte den Song, der im Radio lief, voll auf: *We gotta get out of here and if it is the last thing we will ever do – I bet there is a better life for me and you ... come on – just once in your life ...*

Mit einem inneren Frieden, wie Tom ihn die letzten Jahre über kaum gespürt hatte, bog er in die Hauptstraße von Conny Island ein. Mehrere Nebenstraßen führten direkt zum Strand, er entschied sich für irgendeine und steuerte direkt auf den kaum gefüllten Strand zu.

Die Sonne schien heiß am Himmel. Einige Kids spielten am Strand Baseball, aber ansonsten war das Meeresufer total leer. Es war ja auch Montagmorgen, zehn Uhr, jeder normale New Yorker arbeitet um diese Zeit. Er nahm sein großes Handtuch aus dem Kofferraum und beide erhaschten den wohl verdienten Platz an der Sonne. Das Meer rauschte. Wellen platschten über Brandungen. Tiff legte sich vorsichtig mit ihrem Hinterkopf auf seinen Bauch. Beide schlossen die Augen und genossen die herrliche Frühlingssonne. Er kreuzte die Arme am Hinterkopf. Ein zufriedenes Grinsen machte sich auf seinem Gesicht breit, als er an den Song im Auto dachte. Sie schwelgte in Gedanken über ihren Traum, einmal Hawaii sehen zu dürfen.

Es waren jetzt zweieinhalb Jahre, dass sie sich kannten. Sie waren damals die beiden jüngsten Mitarbeiter bei Ford und verstanden sich von Anhieb gut. Ihr Vertrauen Tom gegenüber war in den letzten Monaten enorm gestiegen, so dass sie sich in den Pausen oft über Lebensfragen unterhielten. Er wusste eigentlich alles von ihr. Selbst das mit Patrick, ihrem englischen Lebensgefährten, der sie heiraten wollte und vor zwei Monaten einfach wieder nach Leeds abgehauen war. Tom hatte also Recht. Sie war nicht glücklich. Und das mit der Streit-Familie stimmte auch. Deshalb schwieg sie auch im Auto, als er es erwähnte. Diese verrückten Erdenbewohner denken nur daran, sich über einander aufzuregen und andauernd ist Hass die Triebfeder. Es war schon traurig. Nun ließ sie es darauf ankommen, ihren Job am Band zu verlieren. Ein Gedanke mischte sich allerdings ein: *Wer sollte dann Ma die Miete für ihr altes Haus geben?* Wer konnte für ihre Mutter aufkommen? Sie war in Frührente gegangen, da der Arzt bei ihr Brustkrebs feststellte und sie durch die lange Behandlung sich sehr schonen musste. Es gibt in Amerika keine Sozialversicherung wie in Europa, sondern jeder muss für seine Kosten im Krankheitsfall selber aufkommen ... daher würde die Mutter schwer zu leiden haben, wenn sie ihre 200 Dollar monatlich von Tiffany nicht bekommen würde. Auf einmal plagten Tiffany Gewissensbisse!

Tom streichelte Tiffany sanft über das Gesicht. Sie ließ sich einfach treiben, legte keine Bedeutung dem Streicheln bei, sondern machte sehnsuchtsvoll die Augen zu. *Endlich ein Moment der Zärtlichkeit.* Endlich ein Moment weit ab von Kummer und Sorgen. Von Betrug und Hinterhalt, von Hass und Auseinandersetzung.

Tom schwelgte ebenfalls im Moment, der so ungewöhnlich autonom war und doch so erholsam, wie kaum etwas, das er kannte, genossen zu haben, was die letzten drei Jahre betraf. Endlich Sonne auf den Schultern, eine Brise Wind im Gesicht und Tiffany auf seinem Bauch. Was gibt es Schöneres?

„Tiff, ich liebe dieses Wetter und ich liebe diesen Augenblick – weißt du das?!"

Tiff begann zu lachen und sagte spaßig: „Dafür zahlst du vielleicht mit deinem Job, Tom." Er erwiderte gleich: „Ja, vielleicht, aber aus irgendeinem Grund bist du und der Moment es mir wert, die Freiheit ist es mir wert, dass ich lebe, ist mir eine Kostbarkeit, ich will diesen Moment mit in meine Zukunft nehmen. Ganz gleich, wo ich sein werde, wo du sein wirst, dieser Moment ist unser Moment, klar!? Weit ab von dem Zwang der Gesellschaft. Weit ab von der Idee des Alltags uns zu zerfressen in Trostlosigkeit." Bei seinem langen Monolog pfiff sie erstaunt durch die Zähne. „Man, Tom, warum hast du dein Studium nur abgebrochen, aus dir wäre vielleicht mal was geworden, so wie du sprichst ..."

Er erhob seinen Oberkörper und der Kopf von Tiffany rutschte ihm vom Bauch. „Vielleicht hast du Recht, Tiff, vielleicht hätte ich weitermachen sollen, aber das war damals und jetzt ist jetzt. Ich brauche Geld, und das schon seit über zwei Jahren. Die Schulden von damals, als ich mich selbstständig machen wollte, waren enorm hoch und noch heute muss ich Raten an Freunde zurückzahlen. Ich glaube, dass ich eh bald bei Ford aufgehört hätte, Tiff."

Sie nahm wieder Platz auf seinem Bauch und schaute direkt in die Sonne. Blinzelnd sagte sie: „Mir scheint es so, als wenn du keine Verpflichtung hast, na ja – als wenn du autonomer bist, als ich es jemals sein werde. Ich muss für meine Ma die Miete aufbringen, weil es sonst keiner tut. Ich brauche den Job sehr, Tom."

Er überlegte einige Sekunden, schwieg nachdenklich, sagte dann: „Du hast Recht, es ist wirklich wichtig deiner Ma zu helfen. Tiff, ich bewundere dich. Deine Liebe zu deiner Ma ist ziemlich groß. Ich werde mir eine Scheibe von dir abschneiden, und meiner Ma auch eine Hilfe sein. Sie hat so viel für mich getan, weißt du, ich sollte ihr viel mehr Aufmerksamkeit schenken. Besonders seit dem Tod von Dad ist sie sehr einsam."

Tiffany drehte ihren Kopf zur Seite, blickte Tom in die Augen und sagte ernst: „Wir sollten diesen Tag nutzen, Tom, um uns Gedanken zu machen, wie sehr wir anderen helfen können. Was denkst du, Tom? Also, sag mir mal, was sonst noch den Tag wertvoll machen kann? Gibt es irgendetwas Ursprüngliches im Leben, das uns dabei helfen kann, einen einzigen sinnvollen Tag zu gestalten?"

Tom nickte und sagte: „Außer Pool-Partys und 65 Fernsehprogramme haben wir nicht viel, was uns sinnvoll vorkommen könnte. Tiff, ich habe meinen Fernseher an meinen Freund Mark verkauft, wollte das dumme Ding loswerden und bin so froh darüber, das er jetzt damit unglücklich ist."

Sie lachten beide. Hatten sie doch schon oft über dieses Thema geredet und daher sagte Tiffany ernst: „Irgendwann wird es kein Fernsehen mehr geben und alle müssen sich darauf besinnen, was es wirklich heißt, Mensch zu sein. Dann werden wir wieder miteinander leben, anstatt gegeneinander. Ich glaube, das wird bald passieren, irgendwas wird uns wach rütteln."

Tom krauelte ihr feines glattes Haar. Er steckte ihr verträumt ein paar Haare hinter das Ohr. So konnte er ihr ganzes Profil genießen. Sichtlich erfreut darüber, dass Tiffany all seine Gedanken äußerte, schlug sein Herz schneller. Tiffany küsste Toms Bauch und erhob sich. Sie zog ihre Sachen an und spazierte verträumt zum Strand. Er ließ sie ein wenig allein. Sie machte sich wohlmöglich Gedanken, bei denen er stören könnte. Das mit ihrer Mutter, die armen Verhältnisse, in denen sie lebte, ihr Dad, der kaum Zeit für sie hatte, die Menschen um sie herum, die alle ignorant daher lebten und all die Dinge, die die Welt betrafen, in der sie leben mussten, also all der Kram, der einen zum Kopfzerbrechen brachte, all das kannte er ja auch aus seinem Leben.

Irgendwann ging er in das kühle Wasser und schwamm. Sein Gefühl sagte ihm, dass diese Erfrischung genau das Richtige war. Er wollte am liebsten Tiffany davon überzeugen, mit ihm einige Wellen zu bekämpfen, aber sie schlenderte lieber am Strand entlang. Er zog es vor, sie in ihren Gedanken zu belassen.

„Wollen wir deine Ma besuchen?", fragte Tom, nachdem er sich abgetrocknet hatte. Sie riss die Augen auf und fing an, über das gesamte Gesicht zu strahlen. „Ja, Tom, das wäre super!"
Sie fuhren sofort los.
An einer Tankstelle kauften sie einen großen Blumenstrauß und den Lieblingsschokoladenkuchen ihrer Ma.
Der Überraschungsbesuch erfreute die Mutter so sehr, das sie zu Tränen gerührt über die Geschenke weinte.

Tom verschlug es die Sprache, er kannte ihre Mutter nur von Erzählungen her. Und nun war diese kranke Frau am Weinen, über einen kleinen Besuch ihrer Tochter zur Mittagszeit. Das rührte ihn irgendwie. Sie aßen viel Kuchen, tranken dazu Ginseng-Tee aus China und lachten viel über alte Geschichten aus der Kindheit von Tiffany. Es waren zwei wunderbare Stunden. Als sie weiter wollten, herzte die Mutter Tom an ihre Brust und meinte noch, er solle gut auf ihre Tochter aufpassen. Er versprach es.

„Und jetzt zu deiner Ma, Tom!", sagte Tiffany, als sie das Auto starteten.

Er schluckte. Ließ den Motor wieder ausgehen und kratzte sich am Ohr, schließlich sagte er: „Ich weiß nicht …?"

Sie antwortete: „Wir nehmen unsere gute Laune jetzt mit und besuchen deine Ma!" Er überlegte, stimmte dann zu und wie auf Kommando fuhr er mit dem Ziel vor Augen los in Richtung Westen, außerhalb von New York.

Seine Ma saß auf der Veranda, als sie endlich nach einer Stunde Fahrt ihr Haus erreichten. Der alte Familienhund rannte sichtlich erfreut beiden entgegen. Es gab erst mal ein freudiges Willkommen. Tiff erkannte, das die Mutter von Tom einst eine feine Dame gewesen sein musste, man sah es an ihren bedachten Bewegungen und an der Art, wie sie sprach. Sie freute sich fast genauso sehr über diesen Besuch wie die Mutter von Tiffany vor einer Stunde. Sie überbrachten ihr einen Blumenstrauß; weiße Tulpen und dazu „Apple-Pie", original aus dem englischen Laden an der 52nd Street. Sie freute sich riesig über diese Köstlichkeit. Und selbst Doggy, der alte Familienhund, bekam einige kostbare Krümel zugeworfen.

Sie unterhielten sich angeregt, plauderten über die momentane Situation von Tiffanys Ma und kamen zu dem Entschluss, beide Mütter für ein Café-Nachmittag zusammenbringen zu wollen. Mit aufrechter Freude im Herzen verabschiedete Toms Ma Tiffany. „Passen Sie gut auf meinen Jungen auf, er philosophiert nächtelang, wie sein Vater, wie sein Vater ...“ Alle lachten schallend.

Der Nachmittag ging vorüber und sie fuhren auf der Highway in Richtung Ford-Werkstatt zurück. Tiffany musste immer wieder lächeln, während Tom ihr häufig die Wange streichelte. Er indessen fühlte ein ziemlich „abgefahrenes“ Gefühl in seiner Bauchgegend. Und zwar dort, wo Tiffany ihn geküsst hatte. „ Tiff, was hast du gemacht? Fühlt sich an wie eingebrannt – der Kuss von dir, ehrlich, hab da bestimmt 'nen Abdruck von deinen Lippen“, scherzte er heiter. Sie feixte und kicherte, dann küsste sie ihn auf die Wange. Er wurde rot. Blickte weiter auf die Fahrbahn und sagte:„Tiff, das war ein ganz besonderer Tag, ein schöner Tag mit dir. Ein sehr schöner Tag mit unseren Müttern. Ich danke dir.“

Sie schüttelte den Kopf und sagte: „Oh nein, Tom. – Ich habe dir zu danken für diesen Tag. Du hast meine Ma glücklich gemacht, weil du mich zu ihr geführt hast. Ich hätte sie doch erst wieder in einigen Wochen besucht, daher war sie richtig ‚happy‘. Sie nahm einen Schluck aus der Wasserflasche und sagte dann weiter: „Ich denke, wir haben das Richtige getan. Uns nicht besoffen, uns nicht amüsiert auf Kosten anderer, sondern wir haben beide unsere einsamen Mütter besucht. Weißt du was, Tom, ich hoffe, dass Gott das berücksichtigt. Vor allem, weil ich ein mulmiges Gefühl in mir verspüre, wenn wir gleich in der Fabrik ankommen. Es wird bestimmt großen Ärger geben.“
Tom sagte nichts. Er kannte ihr Gefühl nur zu gut.
Sie betraten genau um fünf vor fünf die Werkstore von Ford. Beide schauderten, hatten ein schlechtes Gewissen und mussten mit ihrer Entlassung rechnen. Sie betraten

auf leisen Sohlen die Halle. Einige Arbeiter grinsten. Andere, die sich auf ihren Feierabend vorbereitet hatten, ignorierten sie. Dann kam ihnen ihr Vorarbeiter entgegen, Martin Luther James, ein Afroamerikaner, sonst mustergültig in allen Dingen, die er tat, schlenderte er ihnen heute auffallend sorglos entgegen. Beiden rutschte das Herz in die Hose vor Furcht. Er nahm sein Kappy ab und sagte in einem ernsten Ton: „Tom, Tiff, ich denke, das war ein einmaliger Ausflug gewesen, nicht wahr?" Beide schauten beschämt auf den Boden. Der Vorarbeiter sprach weiter: „Ich hab ja nichts dagegen, wenn zwei sich finden, und mal 'ne Pause überziehen, aber einen ganzen Tag – neee, neee, das gab's hier noch nie!" Tom schaute Tiff an. Beide hatten einen besorgten Blick ausgetauscht. James kam vor ihnen zum Stehen. Kaute auf seinem Bubble Gum rum, spreizte cool die Beine und sagte: „Also, Tom und Tiff, ich bin einmal blind gewesen, nicht zweimal, versteht ihr?" Beide stutzten, wollten seinen Worten nicht so wohlwollend glauben. Warteten gespannt ab, wie er es auslegen würde. Er drehte sich zur Belegschaft um, als die Feierabendsirene schrillte: „Oder hat irgendjemand die beiden heute nicht arbeiten gesehen?", schrie er den Arbeitern sarkastisch entgegen.
Alle lachten und scherzten, verneinten und johlten dem Paar entgegen.
Das Paar konnte sein Glück nicht fassen. Was für ein Heil. Wie wunderbar beruhigend war dieser Moment. Wie solidarisch die Menschen. Beide würden gedeckt werden von der gesamten Belegschaft. Tom fiel ein Spruch ein, den er einmal auf einem Gewerkschaftsauto in Boston sah: *„Alle Maschinen bleiben still, Arbeiter, wenn dein Arm es will!"* Hier nun würden die Maschinen weiterlaufen, aber die Gemeinschaft war charakterfest gewachsen. Letztendlich entschied der Arm der Arbeiter über ihre Zukunft. Diese Belegschaft, die ja Tom und Tiffanys Arbeit übernehmen

mussten, hatte an diesem Tag allen Grund, sauer auf sie zu sein. Stattdessen entschieden sich alle dafür, den Tag einfach zu übersehen, zu vergessen. Kein Neid. Das war Freundschaft.

Das Gefühl bahnte sich durch Tiff und sie riss Tom am Hemd und drückte ihre Lippen leidenschaftlich an seine. Noch mehr Applaus füllte die Halle.

end

Die Verarbeitungsmaschine!!

Das Paradoxe am Leben sind die verzweifelten Versuche, eine zehn Meter hohe Mauer zu überwinden, weil gerade ein Problem den freien Fluss des Glücks behindert. Die Mauer umgibt mich, ich klimme an ihren Steinen empor und gleite wieder dem Boden entgegen, es ist aussichtslos ...

Es bleibt mir nur dieser Gebrauchsgegenstand (Laptop), der Entwürfe für ein besseres Leben in einer unverbesserlichen Welt produziert.

Tatkräftig läuft das Leben weiter, ein neuer Lebensabschnitt wirkt wie ein altes Dasein. Wie oft werde ich von Ebene zu Ebene getragen? Von der deutschen Geschichte vernarbt, über die Poesie der Ideale Rosa Luxemburgs. Die Komponente der Verzweiflung läuft weiter, ob die Materieeinheiten konsumieren, diktieren oder sich emotional verbarrikadieren – alles ist am Fließen, in die Vergänglichkeit!!

Ihr seid so entfremdet voneinander, in euren Autos, in eurem EIGEN-Heim!

Mein, nicht dein (!) Platz da, hier komme ICH. Anstelle von Mein ist Dein.

Siegessicher durchstreifen wir die Welt, immer mit der Arroganz im Nacken, die Oberfläche ist unser Spielfeld. Tiefe verursacht Unbehagen, daher zerstreuen wir uns im Genuss. Ist ja auch alles vorgefertigt für uns. Wir brauchen ja nur noch die Bahn verfolgen, die uns durch das Leben wirft. Keine Experimente, keine Unmöglichkeiten, kein Abweichen, Norm wird erfüllt, vielleicht mal den Rahmen reformieren und erweitern, aber keine Anstrengung mehr an Illusionen. Auf ein Neues – ich bin eine Materieeinheit, die zeitgebunden diesen Planeten durchstreift.

Streifen, aber nie eindringen in die Ursachen für Armut.

Unglaublich, wie Stars im Fernsehen vergöttert werden und alle stets nach Selbstverwirklichung schreiend, lieben den Schmaus der Werbung. Nur Bob Geldorf und Bono nicht! Sie sehen weiter, erkennen und handeln ihrer Position entsprechend vorbildlich.

Die Beengtheiten haften an mir, die Sorge zu wissen, dass alles im Fernseher und in den teuren Einkaufsstraßen Schein ist. Subjektiver Schein, individuelle Wahrnehmung, die Umstände sind unsere Lethargie, sie zu ändern ist sowohl innerer Kampf als auch vereinter Kampf.

Motorengeräusch in unseren Köpfen – sind wir denn nur Maschinen ...?

... George Orwell verstand darunter die Ahnung,
dass der Mensch kein Individuum ist, sondern etwas
fühlt, von einem Organismus,
der größer ist als man selbst und
sich in Vergangenheit und Zukunft erstreckt.

Die Vergangenheit ist nur eine Gedankensekunde entfernt
von dem **Jetzt**. Die Zukunft, jede Entscheidung trifft auf
eine andere mögliche Zukunft, wird uns davon überzeugen, ob wir im Jetzt richtig entschieden haben. Wenn wir
es bewerkstelligen, die richtige Entscheidung zu fällen,
wissen wir danach, dass alles, was wir aus unserem
Gewissen entschieden haben – richtig war. Alles was
wir aus unserem Gewissen entscheiden, kann immer
als abgewogen gelten und somit als richtig geprüft und
treffend entschieden. Werfen wir uns unseren eigenen,
immer auch selbst erdachten Vorlagen und Werten nicht
zu sehr an den Hals, lieber sollten wir immer dement-
sprechend entscheiden, wie es unser Gewissen möchte.
Bei allen Entscheidungen sollten wir auf diese Stimme in
uns hören. Dann leitet das Verantwortungsbewusstsein
unsere Entscheidung und dieses Bewusstsein kann nur
anständig sein. Machen wir das, dann können wir gegen
unseren eigenen Willen entscheiden.
Vielleicht zum Vorteil für andere!
Zum Wohle aller unter dem Himmel.

Manu Kumar Loganey

I have seen inside you

Mit dem Laptop-Koffer in der Hand rennt Jens Ulrich die Mönckebergstraße entlang. Auf der anderen Straßenseite wartet sein Bus, der ihn verspäteter Weise zu seiner Arbeit bringen wird. Mit einem Satz über die Straße erreicht er gerade eben noch den Bus. Er hechtet auf den erstbesten Platz und keucht gewaltig vor Anstrengung. „Das war ja richtig knapp", sagte eine Stimme neben ihm. Jens Ulrich dreht sich überrascht um. Eine ältere Dame mit Stock sitzt lächelnd neben ihm und nickt ihn freundlich an. Er erwidert höflichst: „Ja, das kann man wohl sagen, sehr knapp." Dabei rückt er sich seine Anzugskrawatte zurecht. Nimmt die Laptop-Tasche auf den Schoß und putzt sich mit beiden Händen die beschlagene Armani-Brille. „Was hat Sie dazu veranlasst, einen so späten Bus zu nehmen?", fragte die ältere Frau weiter. Verlegen antwortet er: „Bitte ...?" Jens Ulrich dachte nie im Leben daran, dass eine ältere Frau in irgendeinem Hamburger Bus sich für sein Privatleben interessieren könnte, daher fragte er unsicher nach, ob die Frage wirklich daraufhin abzielen würde, Interesse an seinem Alltag zu zeigen. Jedenfalls ist das mit seinen 38 Jahren noch nie in der Stadt vorgekommen. Obwohl Hamburg eine sehr alte Bewohnerstruktur aufweist und viele Rentner in dieser Stadt leben, hat Jens Ulrich sich nur selten mit älteren Menschen unterhalten.

„Sehen Sie, junger Mann, wenn man so alt ist wie ich, dann weiß man, warum junge Männer in Ihrem Alter über die Straße hetzen, obwohl hier doch der Bus alle fünf Minuten kommt. Also interpretiere ich, dass Sie zu spät zur Arbeit kommen, richtig?" Leicht verdutzt und verwundert überlegt Jens Ulrich, wie er antworten solle. Er entschließt sich, einfach zuzugeben, dass er verspätet ist und sagt es der netten älteren Frau.

Damit gibt sie sich aber nicht zufrieden, sondern sie stellt eine weitere verwunderliche Frage: „Und was lastet Ihnen auf dem Herzen?" Schockiert überlegt er, ob sie ihn das hier wirklich in einem Hamburger Bus am Montagmorgen des Jahres 2004 gefragt hat, oder ob er sich wohlmöglich verhört habe. Daher fragt er: „Wie meinen Sie das?" Die Frau ließ sich nicht aus der Ruhe bringen und erzählt: „Wissen Sie, in meinem Alter weiß man, warum junge Männer in Hetze geraten und dann den Bus vor der Haustür viel zu spät ergattern." Er schluckt und wurde rot. Verlegen sagt er: „Entschuldigung, aber das geht Sie nun wirklich nichts an. Außerdem habe ich momentan nun augenscheinlich keine Last im Leben zu tragen." Die ältere Frau grinst hämisch und sagt dann mit dem Kopf etwas vorgebeugt, so dass nicht jeder ihr Gespräch mithören kann: „Oh doch! Da ist etwas, dass ich Ihnen ansehe. Da bin ich mir sicher." Jens Ulrich glaubt, sich verhört zu haben. Wie kann diese Oma die Frechheit besitzen, in einem vollbesetzten Bus über ihn und sein Leben zu sprechen? Und woher weiß sie, was in seinem Leben nicht in Ordnung ist?

Er schaut empört an ihr vorbei aus dem Fenster. Sie verstummten beide. Nach vier weiteren Haltestellen steht Jens Ulrich auf, schaut kurz fragend in das Gesicht der älteren Frau und steigt dann wortlos aus dem Bus. Sie lächelt ihm nach. Nickt verabschiedend ihren Kopf und hebt dabei ihre linke Hand zum Gruß.

Der Fahrstuhl war mal wieder brechend voll. Jens Ulrichs Büro liegt in der fünften Etage des Hochhauses. Er muss jeden Morgen als Letzter aus dem Fahrstuhl steigen und genießt heimlich die einsamen Sekunden vor dem Arbeitstag. Er hat sich schon oft gewundert, dass die Firma nur einen einzigen Fahrstuhl für das gesamte Unternehmen besitzt, wobei doch täglich gut hundertfünfzig Leute hier ein und aus gehen.

In der vierten Etage steigt ein älterer Kollege aus seiner Branche dazu. Er grüßt kurz und stellt sich dann neben Jens Ulrich. Die Fahrstuhltür geht zu. Der ältere Kollege mit den grauen Haaren fängt spontan an zu fragen: „Herr Jens Ulrich Buddenbrok, was ist Ihnen denn heute Morgen über die Leber gelaufen?"

Jens Ulrich versteht nicht, wie der Kollege das meint und fragt nach: „Wie meinen Sie, Herr Hansen?"

Herr Hansen dreht sich zu ihm um und sagt: „Na, das sieht man doch auf hundert Meter Entfernung, dass mit Ihnen etwas nicht stimmt." Schockiert überlegt Jens Ulrich, was Herr Hansen damit sagen wollte, er fegt sich mit der Hand das Haar zurecht und bindet zum dritten Mal an diesem Morgen seinen Schlips gerade. Nervös schaut er an Herrn Hansen hoch. Keine Reaktion! Mit der Fragestellung im Gesicht, ob denn nun alles in Ordnung wäre, beobachtet er Herrn Hansen weiterhin unsicher. Der wiederum ringt sich endlich durch, Jens Ulrich eines Blickes zu würdigen und schaut ihn bedauernd an. Dann öffnet sich die Tür des Fahrstuhls. Im 5. Stock herrscht reger Betrieb. Beide gehen im Gleichschritt ihrem Arbeitsplatz entgegen. Vorbei an der Sekretärin und in die hinteren Räume der Etage. Herr Hansen schließt, ohne ein Wort zu sagen, seine Bürotür auf. Im selben Moment und auf demselben Flur ihm gegenüber tut Jens Ulrich das Gleiche. Als er in seinem Büro Platz nimmt, atmet er wieder tief aus. Verwundert und genervt, was sein Stapel Akten betrifft, schaut Jens Ulrich gelangweilt an die Zimmerdecke. Er überlegt ... überlegt. Er hat wirklich nicht verstanden, was Herr Hansen ihm mit seinen Bemerkungen und Blicken sagen wollte.

Die Mittagspause nimmt Jens Ullrich wie immer um ein Uhr. Er schließt sein Büro ab, winkt der Empfangsdame zu und verschwindet im Aufzug. In der Kantine nimmt er das fleischlose Essen und setzt sich zu einigen Kollegen. Er schlingt diesmal sein Essen nicht in sich hinein, sondern achtet darauf, langsam zu essen, so wie es seine Mutter vor zwanzig Jahren immer gesagt hatte. Nach dem Mahl geht es langsam wieder in den fünften Stock. Auf dem Flur der Mitarbeiter des 5. Stocks merkt er, wie ihn irgendetwas belastet, instinktiv. So dass er auf einmal stehen bleiben muss. Er lauscht, ob er wohl etwas hören könnte von dem, was die Mitarbeiter dort in ihren Räumen tuscheln. *Wohlmöglich sprechen sie über mich? Wohlmöglich bin ich angsterfüllt,* denkt er scherzhaft ironisch. Doch er will sich von dieser Besessenheit befreien, das würde aber nur gehen, wenn er Herrn Hansen fragen könnte, was heute Morgen eigentlich an ihm so kritikwürdig war. Er wollte es wissen. Schreitet also auf die Tür von Herrn Hansen zu und just in dem Moment, wo er die Türklinke berühren wollte, schnappt die Tür auf. Herr Hansen schaut ihn verwundert an. „Ach, Herr Buddenbrok, was kann ich für Sie tun?"

Von dem Augenblick so sehr überrascht, ja fast schon ertappt, fängt Jens Ulrich an zu stottern und sagte nur: „Ähm, eigentlich nichts, also – ähm, nein, nichts, Herr Hansen, ich bin gerade auf dem Weg zu meinem Raum." Herr Hansen schaut Jens Ulrich tief in die Augen. Der Schnauzer von Herrn Hansen schien sich zu bewegen, während sein Mund stumm blieb. Beide standen sich noch weitere fünf Sekunden gegenüber, dann trottelt Jens Ulrich unsicher den Flur hinunter und dreht sich, vor seiner Tür angekommen, noch einmal nach Herrn Hansen um. Er wusste, dass Herr Hansen ihn von hinten mustern würde. Auf einmal wurde ihm bewusst, wie peinlich diese Situation war, und er fühlte einen Schweißausbruch aufkommen.

Der Tag vergeht schleppend. Endlich um 17.00 Uhr kann Jens Ulrich das Gebäude verlassen. Draußen „strahlt" mal wieder das Hamburger Wetter. Regen über Regen. Er rennt mit hochgezogenem Kragen die Straße hinunter zu seiner Bushaltestelle. Die Laptop-Tasche in seiner linken Hand. Der Regen wollte einfach nicht aufhören. Nach fünf nassen Minuten des Wartens kann er endlich in den Bus steigen. Klitschnass setzt er sich neben einem Kind mit einem Eis in der Hand. Der Bus fährt los, als in diesem Moment eine ältere Frauenstimme ihn von der Seite her anzusprechen scheint, aber es war eher der Junge mit dem Eis gemeint: „Darf ich dort sitzen?", fragt die ältere Frau. Der Junge mit dem Eis steht auf und verzieht sich grummelnd in den hinteren Teil des Busses. Die Frau setzt sich neben Jens Ulrich. Als beide sich kurz anschauen, spricht die Frau ihn an: „Ach, so eine Überraschung", sagt sie hoch erfreut, „Sie wieder in diesem Bus?" Jens Ulrich zieht ein krampfhaftes Grinsen auf und nickt grüßend mit dem Kopf. So freundlich es geht, bei seiner schlechten Laune, erwidert er: „Man sieht sich im Leben immer zweimal, nicht wahr?" Die ältere Dame lacht laut los, einige Leute schauen aufgeschreckt zu ihnen rüber. Jens Ulrichs Gesicht färbt sich leicht rot. „Junger Mann, wie Recht Sie damit haben!", sagt sie heiter.

Die Busfahrt war sehr angenehm, da sie miteinander sehr herzlich reden konnten. Einmal wurden sie unterbrochen, als sein Handy klingelte. Sie hörte jedem seiner Worte genau zu. Er konnte es irgendwie spüren, dass sie hinhörte. Am anderen Ende war eine Frau am Apparat.

Aber es war nicht seine Frau.

Beim Verabschieden drückt die nette ältere Dame Jens Ulrich plötzlich ein Buch in die Hand. Ehe er irgendetwas sagen kann, schüttelt sie ihm freundlichst die andere leere Hand. Ihr Blick ist dabei sehr durchdringend, seltsam fesselnd – so dass er für eine Sekunde sich gar nicht losreißen kann, irgendwie sagte sie ihm mit diesem Blick etwas. *Sie spricht durch ihren Blick.* Als wüsste sie von seinem Dilemma. Die Türen gehen auf und die Frau sagt augenblicklich:

„Einen schönen Abend noch, und entscheiden Sie sich immer für das Richtige im Leben."
Die Haustür wird geöffnet. Ein Parfumduft zieht ihm sofort in die Nasenlöcher, das ganze Appartement scheint danach zu riechen. Betty kommt ihm entgegen. Mit einem teuren Dior-Rock bekleidet, streckt sie ihm die Arme entgegen. Irgendetwas in ihm sträubt sich, sie zu umarmen. Er tut es dennoch, halbherzig.

Sie sitzen am Abendtisch. Das Essen ist aufgefüllt. Kerzen flackern ihr unruhiges Licht. „Wann geht dein Zug morgen?", fragt er leise. Sie schaut ihn verwundert an. „Um sieben", antwortet sie kurz. Er nickt. Schaut dabei teilnahmslos auf seinen Teller. Sie ahnt etwas. Irgendwie scheint Jens Ulrich unzufrieden zu sein. Sie fängt trotzdem an zu essen. „Wann kommt deine Frau wieder?", sagt sie nach einigen Minuten, um die schreckliche Stille im Raum zu unterbrechen, und um Jens Ulrich die Entscheidung abzunehmen. Bei dieser Frage lässt er die gefüllte Gabel auf seinen Teller fallen. Jens Ulrich schweigt. Wischt sich mit der Serviette den Mund ab und starrt auf seinen halb vollen Teller. Sie hört ebenfalls auf zu essen. „In einer Woche", sagt er knapp. Sie nickt nur. Keiner von beiden kann ein passendes Wort zu diesem Thema finden. Plötzlich spürt Jens Ulrich einen Stich in seiner Herzgegend. Er fasst sich automatisch an die linke Brust und stößt dabei gegen den Abendtisch. Das Licht der Kerzen flammt auf, der Silberteller reflektiert das Flackern, so dass ein kleiner Lichtpegel die Teller zu hellen Scheiben werden lässt. Jens Ulrich und seine Freundin sind von diesem Lichtschauspiel wie geblendet. Jens Ulrich schaut sich nachdenklich das Lichtschauspiel auf seinen Tellern an, dann sieht er in ihr Gesicht. Gedanken schwirren in seinem Kopf umher, Emotionen befehligen seiner Haut, sich elend zu fühlen. Starren Blickes betrachtet er das reflektierte Blendwerk vor ihm. Keiner bewegt sich, keiner spricht. Nach einigen Sekunden steht Sybille auf und wirft die Serviette über den Tisch. Sie geht in das Schlafzimmer. Kramt. Er nimmt seinen Blick nicht von den Tellern. Minuten vergehen. Inzwischen hat Sybille auch ihre Sachen aus dem Bad verstaut. Nach einigen Minuten steht sie wieder vor ihm im Wohnzimmer. Mit ihrem luxuriösen Mantel angezogen. Mit beiden Koffern in der Hand. Er blickt endlich mal auf. Sie schaut ihn klagend an. „Ich verstehe schon, Jens …", sagt sie verlegen. Jens Ulrich bleibt schweigsam. Sein Blick schweift auf ihre Koffer.

„Sybille, wie konnten wir das nur tun?", fragt er bestürzt. Sybille, sichtlich nervös, atmet laut aus. Holt Luft und sagt dann vorwurfsvoll: „Du hast mir doch angeboten, hier zu verweilen, solange mein Kongress in Hamburg dauert." Jens Ulrich nickt sehr langsam mit dem Kopf. Dann sagt er leise: „Das meine ich nicht. Sondern letzte Nacht …"

Der Wecker klingelt, er schnappt sich sein Handtuch und duscht. Dann isst er einige Toasts mit Butter und kippt den kalten Kaffee in die Spüle. Zieht sein Jackett von gestern an und stürmt aus dem Haus. In der Jackentasche findet er das Buch, das ihm die alte Dame gestern gegeben hatte. Langsam schaut er es sich an. Etwas überrascht über den Titel, zögert er. Dann schlägt er es auf und beim Gehen versucht er, einige Zeilen zu lesen. Endlich an der Bushaltestelle angekommen, kann er das Buch in Ruhe studieren. Neugierig liest er darin. Innerlich erstaunt über ein so hohes Geschenk von der alten Dame, kreuzen sich seine Gedanken. Die ältere Dame und Herr Hansen, das unerklärliche Ausstrahlen von Unausgeglichenheit den Tag über gestern und der Laufpass an Sybille im Kerzenlichtspiel, diese Bibel in seiner Hand und das Stechen in seinem Herzen gestern beim Abendessen. War das vielleicht alles Zufall? Irgendwie passt alles zusammen. Nur leider kann er es nicht zusammenhängend deuten. Der Bus hält vor ihm. Mit seinem neuen Buch in der Hand steigt er ein.

Abschied nehmen

Ein Buch lag aufgeschlagen auf dem Tisch, an dem ich immer in der Bibliothek sitze. Neugierig wie ich war, sah ich es mir etwas genauer an. Ich las den unterstrichenen Teil des Textes auf der ersten Seite:
Die Unwahrheit ist der kleine Tod des Lebens, lieber ehrlich und dafür mit Problemen überhäuft, als unehrlich und heuchlerisch lebend.
„Entschuldige bitte, darf ich mein Buch haben?" Ein älterer Mann mit freundlichem Gesicht und zerzausten grauen Haaren schaute mich auffordernd an. „Natürlich, entschuldigen Sie, ich war nur neugierig." „Oh", unterbrach er mich: „Worauf denn?" Ich stutzte etwas, dann sagte ich: „Die unterstrichenen Zeilen!"
Er schaute sofort in das Buch und las laut vor. Dann schaute er über seine Brille und grinste. „Das habe ich unterstrichen. Wissen Sie, ich glaube, jedes Geheimnis birgt Unwohlsein, jede unaufrichtige Tat birgt schlechtes Gewissen. Irgendwann kommt alles ans Licht und dann wird er oder sie wirklich frei sein. Der Mensch ist ohne Geheimnisse ein viel ätherischerer Mensch, da es nichts gibt, das ihn hinabdrückt. Verstehen Sie?"
Sehr ergriffen von seinen Worten, nickte ich erst einmal mit dem Kopf. Dann sagte ich: „Genauso denke ich auch. Wir werden uns alle erst annähern können, wenn die Barrikaden um uns alle fallen werden, wenn wir nichts mehr haben, dass peinlich ist und versteckt werden muss." Der Mann machte einen Schritt zurück und reichte mir das Buch. Er staunte mich kurz an und fing an zu grinsen: „Wie ich sehe, könnten Sie der Autor dieses Buches sein."
Wir beide lachten gemeinsam. Er lud mich zu einem Tee im Öko-Laden um die Ecke ein.
Er wirkte auf mich wie jemand aus den 60er Jahren, mit seinem alten grauen Trenchcoat und seiner altmodischen

Brille. Ich spürte ein wenig Vergangenheit in ihm, die mir gefiel. Etwas utopisch Nostalgisches. Er nahm seinen Tee und fing an, von damals zu erzählen, die Zeit, als er noch Student war. Als er in der Philosophie Antworten für sein Leben suchte. In die Politik tauchte er damals nur kurz ein, als er merkte, dass alles gewalttätig um ihn herum wurde und so suchte er weiter in der Welt nach Antworten für seine Existenz, warum leben wir? Er reiste nach Indien, an den Ganges, nach Varanasi, nur um festzustellen, dass auch dort keine Antworten auf sein Leben zu finden waren. Er schlenderte ein wenig in verschiedenen Ländern umher und suchte immer weiter. Nach Antworten und nach dem Sinn des Lebens. Als er keine bekam, nahm er zwei Arten von Drogen, LSD und Meskalin, aber sein Leben änderte sich nicht. Bis er seine Frau traf. Mit 28 Jahren. Sie war erstaunlich weise für ihr Alter. Sie sprach ständig davon, sich selbst von der Zukunft erziehen lassen zu wollen. Sie sagte zu ihm ständig, in einem lauten Ton: Bevor wir die Welt verbessern, müssen wir uns selbst erst einmal therapieren. Sie sagte immerzu, wir sollten zuerst bei uns tief in die Psyche vordringen, um dort nach Egoismus zu suchen, bevor wir den Menschen auf der Erde ändern. Außerdem kann man nach der Findung des eigenen Egos dann anderen Menschen bei allen inneren Schwierigkeiten Hilfe geben, was für jeden Alltag auch eine kleine Revolution bedeutet.

Sie schätzte **Erich Fromm** hoch und traf ihn sogar einmal bei einem Abendessen in dem Haus ihres damaligen Psychologieprofessors. Seither schwärmte sie unaufhaltsam von ihm. Bernadette, so hieß seine Frau, stellte sich nie in den Vordergrund, sondern wartete allzeit ab, bis sie an der Reihe war, um zu reden. Er verliebte sich in sie, als sie sich nur fünfunddreißig Minuten kannten. In einem Literatur-

Café sprachen sie ganze fünfunddreißig Minuten, bevor er ihr mitteilte, dass er im Herzen etwas Warmes fühlen würde, und er nicht wüsste, woher das kommen könnte. Sie war sofort begeistert von seiner Art. Und als sie ihm später am Abend jeglichen Drogenkonsum verboten hatte und sie erwähnte, dass das auch als Voraussetzung für ihre Beziehung galt, schmiss er von heute auf morgen alles Teufelszeug über Bord. Er nahm nie wieder Drogen. Er erwachte damals zu einem neuen Leben. Er war sich sicher, dass diese Frau ihm vom Himmel geschenkt wurde.

Als sie mit zweiunddreißig Jahren bei einem Autounfall ums Leben kam, brach die Verbindung zu seinem Gewissen ab, so beschrieb er mir den tiefen Schicksalsschlag. Er schaffte es nicht, Abschied zu nehmen. Für ihn lebte sie weiter in seinen Gedanken, seinen Ideen. Er machte aus ihr eine lebendige Person im Geist. Er unterhielt sich weiterhin mit ihr, redete in Gedanken mit ihr und wollte einfach nicht wahrhaben, dass sie nun im Jenseits verweilte. Die Trostlosigkeit hielt mehrere Jahre an, und erst nach einer weiteren Beziehung mit einer Stewardess von Swiss Air konnte er das Leben wieder genießen.

„Was haben Sie da empfunden, als sie merkten, es würde sich doch wieder lohnen, morgens aufzustehen und sich seine Brötchen zu verdienen?", fragte ich ihn ganz direkt. Er überlegte kurz, fing an heiter zu lachen und sagte dann schließlich: „Weißt du, Junge, ich fühlte, wie das Leben wieder in meine Poren kam. Alles, mein Freund, alles hat ein gutes Ende, auch wenn man so lange einen lieben Menschen betrauert."

Er schlürfte an seinem heißen Tee und war deutlich in Gedanken versunken. Als ich ihn mit einer weiteren brennenden Frage in mir aus seiner Versunkenheit aufweckte: „Woher haben Sie gewusst, dass Bernadette die Richtige ist, ich meine, nach nur fünfunddreißig Minuten?"

50

Er schaute an mir vorbei und zuckte die Schultern: „Eingebung! Irgendwie zog alles mich zu ihr hin, so dass ich innerlich wusste, hier konnte ich bleiben und ruhen. Verstehst du das?" Ich zuckte ebenfalls mit den Schultern und schüttelte den Kopf.

Er kratzte sich am Ohr und holte etwas Luft. Dann, beim langsamen Ausatmen, sagte er: „Es ist wirklich eingebend gewesen. Ich würde niemals nach wenigen Minuten des Gesprächs so eine Aufforderung starten, zumal es in der damaligen Zeit sich nicht schickte, solche Worte zu machen. Man war eigentlich galant. Aber hier verlief es so, ohne dass ich wusste, was ich da sagte. Und dass sie definitiv auf mein Angebot eingegangen war, zeigte mir deutlich, welche Kraft uns zusammenfügte.

Und so ergab sich kurze Zeit später unsere Heirat."

Ich bestellte uns noch einen Tee mit Whiskey dazu und wollte unbedingt aus diesem Urgestein von Erfahrungen mehr hören. Also fragte ich ihn weiter aus: „ Sagen Sie, wie lebten Sie weiter?"

Er schmatzte an seinem Keks und schaute tiefer in das Glas als notwendig, er beugte sich über seinen Tee und sagte dann: „Weil in diesem Glas eine Flüssigkeit mit Namen Whiskey so lange existiert; bis ich es genüsslich hinunterspüle; um mich zu wärmen; will ich es dir, guter Junge, erzählen. Dieses Leben konnte mir nichts vorenthalten. Es gab sicherlich Überraschungen, aber weißt du, wenn du Menschen eine Zeitlang studiert hast, wirst du erkennen, dass sie alle, ausnahmslos alle, nach gleichen Schemata agieren. Ich wusste um die Eindrücke, die man bei Menschen hinterlassen kann, ich erkannte Heuchler, die mir, ohne mit der Wimper zu zucken, Falsches erzählten und ich sah Menschen leiden, weil keiner sie auf ihre inneren Probleme ansprach. Ich hatte wenig Angst im Leben, was mich hilflos werden ließ, das war sicherlich das Abschiednehmen von meiner Frau, die mich ja in den vier Jahren unserer Liebe ganz heimlich erzogen hatte. Aber ansonsten gab es wenig Erschütterungen. Einige Weltschmerzdepressionen vielleicht noch dazuzählend. Aber ansonsten war ich immer im Ausgleich. Ich wusste einfach davon, dass wir alle eine Bestimmung haben. Ein jeder sollte das finden, was ihm eigentlich das Gewissen immer schon gesagt hatte: Du sollst nicht stehlen, du sollst nicht ehebrechen, du sollst nicht begehren deines nächsten Magd, Vieh oder Knecht, du sollst Vater und Mutter ehren. All die Dinge sind richtig. Und jeder weiß es. Jeder Mensch. Und doch leben wir im **Hedonismus**. Wir achten die Industrieprodukte mehr als unseren Nächsten und haben kein Problem, damit ständig über andere zu lästern, statt ihnen unsere Hilfe anzubieten. Wir sind nur probeweise hier, aber jeder von uns will die Wahrheit nicht sehen. Wir sind miteinander verbunden, aber alle leugnen, dass es so ist. Die Gier ist stärker als der Verstand, weißt du, warum?"

Ich schüttelte nur den Kopf. Sprachlos trank ich meinen Tee mit Schuss. Ich wartete, bis er diesen langen Monolog weiter fortführte.

Er wischte sich die Schweißperlen vom Kopf und nahm dann wieder ernsten Blickkontakt mit mir auf: „Der Mensch könnte, wenn er wollte. Doch er will es einfach nicht. Er will nicht. Jeder entscheidet selbst, und alle sind sich einig!

Hedonismus ist der einfache Weg, der zwar Befriedigung bringt – aber keine Liebe!

Wir werden unter dem Mangel der Liebe sterben müssen. Nation um Nation. Es sei denn, die Menschen finden den Weg zurück. Gemeinschaft und Selbstaufgabe ist ein Teil der Liebe. Nicht Nationalismus. Oder was meinst du?"

Ich überlegte. Nach einigen Überlegungen nickte ich einfach und sagte: „Ja. Die Welt kann nur überleben, wenn die Liebe unsere Herzen regiert."

Zufrieden klopfte er mir auf die Schulter. „Junge, ich wünschte, ich hätte dich schon früher gekannt, als ich noch jung war. Wir hätten wunderbare Abende erlebt. Außerdem hätte ich dir meine Frau vorstellen können, eine herrliche Person. Wie du nun weißt, wartet sie im Jenseits auf mich. Nun dann, ja dann werde ich sie dir eben dort bald vorstellen."

Beide fingen wir schallend an zu lachen. Es war ein herzerfrischender Scherz, der aber völlig ernst gemeint war. Und irgendwie sehnte ich mich wirklich danach, diese Person eines Tages kennen zu lernen.

Ich bezahlte unsere gesamten Tees und schüttelte dem alten Mann heftig erfreut die Hand. Er sagte, er freue sich auf ein weiteres zufälliges Treffen, und er sei sich sicher, dass alles, was sich trifft, sich einfach treffen soll, daher machte er keinen neuen Treffpunkt mit mir aus.

Das Bizarre daran war, dass ich ihn nie wieder sah. Nicht in der Bibliothek und auch nicht im Café. Ich habe das seltsame Gefühl, als wenn ich ihn wirklich erst mit seiner Frau vereint im Jenseits wieder sehen werde, seltsam …

Spacemen 3

Meine Gedanken füllten sich endlich mal mit Sinn, gerade in dem Augenblick, wo ich dieser Person begegne. Sie sieht aus wie Nelly Furtado in ihrem Song Powerless. Was für eine niedliche Ausstrahlung. Wirklich lieblich – das ist so selten. Sie erinnert mich an die gute Seite in mir, die, wenn verkörpert, genauso materiell aussehen könnte wie ihr Gesicht in gewissen Augenblicken und Perspektiven. Mir fällt auf, dass in mir deshalb etwas exaltiert wird, weil ich mir Gedanken mache über jemanden, mit so einer seltenen Natürlichkeit. Komisch, in dem anderen sehe ich einen Teil von mir, der tief verschüttet brach liegt, nur weil ich ständig die Arroganz in mir herrschen lasse, anstatt genauso authentisch und natürlich zu strahlen, wie sie es tut. Warum leuchte ich nicht so? Die Antwort kommt schlagfertig aus mir heraus:
Weil du lieber den Coolen schauspielerst, der selbstsicher daherkommt.
Oh nein, natürlich – ich versuche, mich darzustellen. Anstatt ganz harmlos zu wirken, mache ich mich besonders, und dieses Besondere ist halt die Unnatürlichkeit, das Eingebildete, das sich selbst einen Wert geben will. Oh, wie lächerlich! Oh, wie gut es ist, dass der Gedanke mich eben offenbarte.
Nun weiß ich, dass ich selber ständig in Abhängigkeit von der gesellschaftlichen Norm meinen Körper samt Haltung präsentiere, wie eine Ware, die dafür da ist, gekauft zu werden. Ach, ist das lächerlich.
Seltsam, es könnte fast sein, als wenn diese Frau mich daran erinnert, dass ich selber solch angenehme Anteile in mir habe, die ich gar nicht leben lasse. Anteile, die viel mehr ich selber bin als alles, was ich darzustellen versuche.
Was kann ich tun, um endlich wieder so zu werden, wie mein Innerstes sich wünscht: Freundlich zu allen

Menschen will ich sein, egal, wie jemand aussieht, woher jemand kommt, wie einfach jemand ist. Außerdem will ich zuvorkommend und hilfsbereit sein. All das strahlt aus dieser Person und nun möchte ich diesen Anteil, den sie darstellt, selber leben.

Als ich augenblicklich demgemäß in Gedanken umherschwirrte, sprach mich diese Person plötzlich an: *„Kenne ich Sie nicht irgendwoher?"* Völlig verdutzt und überfordert zuckte ich nur leicht die Achseln und starrte dieser Frau fassungslos in das anmutige Gesicht. *Mag sein, ich dachte auch schon, dass ich Sie vormals irgendwo gesehen haben könnte,* sagte ich wahrheitsgemäß. Sie beugte sich weiter vor und flüsterte:
„Manchmal sind es Verwechselungen, die einen auf etwas aufmerksam machen sollen. Verzeihen Sie und einen schönen Tag noch."
Mit diesen Worten drehte sie sich um und entschwand meinen Augen. Unglaublich!? Was war eben geschehen? Konnte dies treffender formuliert werden? Gibt es Engel, die einen auf etwas Grundlegendes im Leben aufmerksam machen sollen? Die arrogante Haltung eines Menschen ansprechen? Auf jeden Fall hat sich der Mensch, der ich jetzt bin, tatsächlich geändert. Diese alten Künstlichkeiten sind abzulegen. Endlich nur noch authentisch und näher an meinem wahren Kern gelegen …

Poesie, Gramsci, die Fürsprache zur Brüderlichkeit und Tolstois Unergründlichkeiten in der Zeit, wo Sex und Gewalt uns täglich mit dem TV bombadieren – You're gonna shot us dead with decadence!!

Wenn wir uns die Poesie des Alltags genauer anschauen würden, tun Sie das – es lohnt sich – dann würden wir die Aufgeblasenheit, die uns regiert, uns schlafen lässt, ja dann würden wir diese Egodiktatur in uns selbst stürzen wollen! Wir müssen in einem Lamm die Poesie entdecken, in einem Gesicht, das uns in der Bahn gegenüber sitzt. Versuchen Sie, die Poesie des Alltags kennen zu lernen! Ich meine, es würde um uns herum wirklich anfangen zu leben. Das Dasein würde objektiv werden, will heißen, dass die Natur und oder der Umstand des Raumes zu leben beginnt, eine wirkliche pulsierende Erfahrung. Was will das nun heißen?
Folgendes:
Wenn wir uns aus unseren eigenen Gefühlen, Abneigungen und Stimmungen sofort auskoppeln könnten, würden wir eine neue Sichtweise einnehmen, die uns das Umliegende mit anderen Augen wahrnehmen lassen wird. Ich meine, erst dann werden wir wirklich mit unseren Augen sehen können. Ein blauer Himmel mit seinen sanften weichen weißen Wolken wirkt dann beruhigend auf unser Gemüt. Wir erfreuen uns an dieser Gott gegebenen Natur und nehmen sie vollkommen wahr. Die Rose wird nicht nur ein Sinnbild für das, was wir ausdrücken möchten, indem wir sie einer Dame überreichen wollen, nein, sie wird als Inbegriff der Poesie des nicht gesprochenen Schönen zu einem Vermittler, der direkt aus unserem Herzen kommt. Die Rose beinhaltet alle Erklärungen. Wir benötigen dann keine zusätzlichen Worte, da sie nicht als DING oder nur als kleine Aufmerksamkeit weitergegeben

wird, sondern als wahrhaftige Freude an dem Schönen, an dem, was auf dieser Erde wächst, für die Menschen erkannt wird.

Da sind Worte dann überflüssig, da die Rose definiert und ausspricht, was wir sagen wollen. Sie, die Rose, beinhaltet Sätze, die, wenn wir die Rose genauestens liebend anschauen lernen, verstehen würden, was die Natur zu uns sagt: Hier bin ich, geschaffen für dich, Mensch!! Siehe, so lieb habe ich die Menschen. Eine Natur, die spricht? JA! Gesprochene Sätze von unserem Schöpfer an uns gerichtet, durch das Blau des Himmels, die weichen Wolken, das schöne Rot der Rose, die Niedlichkeit der Tierwelt, das sanfte Schneien, dort spricht wer zu uns!

Hero

Es war der Film, der meine gesamte Innenwelt offen legte. War ich selber der Drehbuchautor? Seltsam, auch die farbenprächtigen Bilder, die wunderschönen Gesichter zum Verlieben, die drei Möglichkeiten des Geschehens in drei verschiedenen Farben wiedergegeben, alles wirkte so tief aus meiner Seele genommen.

Die Aufopferung als tiefster Ausdruck der Liebe zueinander. Der Seufzer aus der Innenwelt des Herzens, all das schien irgendwie mit mir zu tun zu haben.

Wohlmöglich war der Film eine Landschaft meiner Seele ...

KÄMPFE

Die Anmut der Feinde, die sich trotz allen Kampfes respektieren, ja sogar in einen Zustand der Freundlichkeit zueinander stehen, ist ein Paradoxon, das mich fasziniert.

Ja, können wir Menschen denn wirklich so kämpfen, dass wir mit Tränen in den Augen unseren Besiegten verabschieden? Wie der König sein Leben behielt, weil der Attentäter die Notwendigkeit seiner Existenz bejahte und somit selber zum Opfer wurde. Wofür? Für ALLE unter dem Himmel.

Die Einsicht kostete ihm das Leben. Die dunklen Anteile der Berater um den König forderten das Leben des Mannes. Der verschonte König weinte, weil er wusste, was er diesem Mann zu verdanken hatte.

Könnten doch alle wenigstens diese Form der Haltung einnehmen.

Der Schrei nach Freiheit

Die Schöpferkraft in uns ruft zur Gestaltung des Lebens. Mit wenigem an eigenem, aber mit viel an dem, was uns von ihm gegeben ist, beinhalten wir Grundsätzliches zum Leben und streben nach dem Dienlichen. Der Ruf wird lauter, um so finsterer es um uns herum wird. Die Freiheit zu wählen, liegt uns nah, nehme ich mich zurück für meinen Nächsten, oder lebe ich im Hier und Jetzt nur für mich?
Was ist wahre Freiheit? Zu wählen oder sich immer für das Richtige zu entscheiden? Demnach wäre Freiheit grundsätzlich nur dann erfüllt, wenn wir uns zur Förderlichkeit für andere entscheiden.
Ich frage mich, ob dieser Robin Hood in Chiapas das auch gemeint hat, als er davon sprach:
Alles für alle ... demnach müsste jeder sich für den anderen aufopfern, wenn wirklich alles für alle gelten soll, dann darf niemand einen Nachteil erhalten, da der Grundsatz gelten müsste: alles für meinen Nächsten und mich. Ist das Selbstaufgabe, die uns dahinführt, zu sagen, dass nur ich glücklich sein kann, wenn mein Nächster glücklich ist? Ich denke, JA. Beinhaltet es nicht auch, dass der andere sich zurücknimmt, weil er weiß, was mich wiederum schmerzt? Natürlich!

Ach, wie gut, dass der Schrei nach Freiheit eigentlich *liebet einander* heißt.

Sri Lanka Dreaming

Von einem Punkt des Standes aus, vom Boden des Sandes aus, visierte ich einen hell leuchtenden Stern am Nachthimmel an. Die Nacht war klar, keine Wolke durchwanderte den Horizont, nur schimmernde Sterne waren zu sehen. Mit einem Seufzen legte ich mich mit dem Rücken in den warmen Sand. Ich visierte immer noch diesen einen besonderen Stern an. In Gedanken sprach ich: „Wer bist du Stern?" Ich wartete auf Antwort, war mir fast sicher, dass ich eine Antwort erhalten würde. „Wie ist es dort oben, auf deiner Oberfläche, und wie alt magst du wohl sein?" Ich sprach förmlich wie zu einem Menschen, als wenn der Stern leben und mich genau hören könnte. „Kennst du die Erde? Hey, Stern?" Ich wartete noch einige kurze Augenblicke, horchte nach einem Zeichen oder einer Stimme, doch dann gab ich es auf. Langsam fühlte ich Müdigkeit aufkommen, so schloss ich wie auf Kommando die Augen und fiel sofort in einen eigenartigen Schlaf …

Im Traum schwebte ich über unser Hotel, über den Strand und über das Meer, bis es auf einmal hinauf in den Himmel mich zog. Dort wurde ich in das Weltall gezogen, nun mit unbeschreiblicher Geschwindigkeit, so dass ich nichts mehr sehen noch hören konnte. Ich wusste aber, dass es mich durch den Kosmos zog, vorbei an vielen Planeten und Galaxien. Es war wie ein silberner Strudel, wie eine Wunderkerze, die mich in sich hineinzog und alles in sich verschlang. Ich konnte nur wenig erkennen, aber ich wusste mit einer unerklärlichen Intuition, wohin es mich ziehen würde. Ich flog sogar an einer Sonne vorbei, die im Ausmaß viel, viel größer erschien als alle Sonnen des Universums zusammengenommen. Jedenfalls schien es mir so. Ich flog sogar mitten durch diese Sonne hindurch und es wurde unglaublich hell, so als wenn man in eine 100-Watt-Birne mit offenen Augen schauen würde. In ihrem

Kern lag eine Art Kugel oder Murmel, sie schien sich zu drehen und speiste Unmassen an Feuer in sich hinein. Ich durchflog diesen Kern und kam plötzlich auf der anderen Seite dieser endlosen Sonnenwelt heraus. Da war ich nun, in einem plötzlich ruhenden Zustand, mitten im Weltall schwebend. Meinen Körper sah ich nicht, nur wusste ich, dass ich da war, ja dass es Realität war. Irgendwo schien weit weg eine weitere Sonne zu strahlen, nur mit ganz wenig weichem Licht und kaum wahr zu nehmen. Ich genoss die Schwerelosigkeit. Ich schaute mich um und sah einige große Planeten in meiner Nähe, alle sahen unserm Saturn ähnlich. Einige seltsame Nebelwolken durchwanderten den unendlichen Raum. Überall funkelte es und verschieden große Sterne waren überall am Leuchten, kleine, große mit dunkelblauen Schattierungen, ähnlich unserem Pluto, es war wirklich nicht zu beschreiben, es ist wie ein Lichtmeer von verschiedensten Farben gewesen, die alle wie kleine Kerzenlichter flackerten.

Eine Wolke zog nah an mir vorbei, und auf einmal konnte ich sehen, dass sie aus Millionen von kleinen Eiskristallen bestand, die alle im Lichte der Sonne zu reflektieren begannen. Alle Kristalle funkelten in einem erstaunlich hellen Silber. Plötzlich und mal wieder ohne Vorankündigung zog es mich davon, und ich wurde direkt auf einen Planeten geschleudert, so dass mir richtig schwindelig wurde. Bevor mein Gehirn verarbeiten konnte, was geschehen war, stand ich mitten auf der Oberfläche eines Steinvorsprungs, ich blickte in ein tief unten liegendes Flussbett, das sich kilometerweit erstreckte, der raue Wind, der mir dabei um die Ohren wehte, war angenehm kühl. Das Wetter schien bedeutend warm zu sein, denn es wirkte wie eine Nacht, in der Wüste von Gobi. Den Fluss konnte ich riechen, es war kein Meerwasser, aber ich wusste, dass es Wasser war, das ja eigentlich geruchsneutral ist, doch hier erkannte mein Bewusstsein einfach, dass es der Fluss war, der sich mir darstellte, indem er zu mir auf diese Art der Sinnenwahrnehmung sprach, indem er mich seinen Duft riechen ließ. O.k., es mag verrückt klingen, aber es war definitiv Kontaktaufnahme in diesem Geruch, als wenn er sich präsentieren wollte. Nun, lieber Leser, wie sollte ich anders darüber sprechen? Sagen wir einfach, es war eine nonverbale Sprache, die der Planet nutzte, um mit mir zu kommunizieren.

Ich fand mich im nächsten Moment auf einer Sandbank wieder, um mich herum grünblaues Wasser, das mir leicht über die Füße zu schwappen schien. Es wirkte sehr real, ich konnte vor mir einen riesigen See wahrnehmen, in dem neonrote Fische zu schwimmen schienen, aber ich konnte sie nicht deutlich sehen. Es kam mir vor, als wenn ich irgendwo auf Kreta Urlaub machen würde. Die Umgebung sah wirklich fast genau so aus wie mein letzter Urlaub. Dann zog es mich wieder einmal fort, die Szenerie wechselte schlagartig, und ich sah nichts mehr.

Ich befand mich wieder an einem Strand. Blickte in den Himmel und schien auf dem Rücken zu liegen … bis ich erkannte: Ich räusperte mich, um mir zu verdeutlichen, dass ich es wirklich bin. Ich war wieder auf der Erde. „Erstaunlich", … murmelte ich, „wirklich … erstaunlich." Ich konnte mich kaum besinnen, kaum wahrnehmen, denn von den Momenten im All bis jetzt war es wie ein gleitender Übergang der Momente gewesen, so dass ich erst einmal wieder realisieren musste, dass ich nun auf der Erde war, an meinem Urlaubsort auf Sri Lanka. Ich konnte mich nur schwer bewegen und war eigentlich benommen. „Seltsam", flüsterte ich und bewegte ganz langsam meine Glieder, die mir so schwer vorkamen, so unglaublich fremd und schwer ... gehörten sie wirklich zu mir?

Ich blickte auf und sah meinen Kumpel Holger, der mir mit lächelndem Gesicht verdeutlichte, dass ich wirklich wieder hier bin. Bevor er etwas sagen konnte, fragte ich ihn, wie spät wir es hätten, und er antwortete mir, dass es gerade zehn Minuten her gewesen wäre, als ich ihn das doch schon gefragt hätte. Nun, Sie können sich vielleicht vorstellen, dass ich diese Antwort so unwirklich fand wie dieser – sagen wir Traum – Ausflug wäre treffender, nun ja, wie auch immer, um zum Schluss zu kommen: Ich blickte ihn an und er wunderte sich. Ich grinste und alles war bestens. Er legte sich zu mir in den Sand und beide schauten wir in den Himmel, lauschten dem Meer und sprachen kein Wort. Bis ich mich räusperte und sagte: „Weißt du, Holger, hier, genau hier auf diesen Planeten gehöre ich hin, inmitten dieser Menschen und aller Zerstörungswut, inmitten aller Disharmonie und aller Konflikte untereinander, inmitten aller Schrecklichkeit und Herrlichkeit, die dieser Planet uns bietet."

Holger stimmte zu: „Ja, echt schlimm hier, aber weißt du was, wo sollten wir sonst leben, unmöglich, woanders sich hinzudenken, gibt bestimmt keinen Planeten, auf dem es besser ist, hey, Manu – hier gibt es genug zu tun ..."

„Erstaunlich, dass du das sagst", flüsterte ich, wandte mich dem Nachthimmel zu und grinste schwerfällig ...

END

Now I'm coming close, closer than before

Wir setzten uns auf die Bank im Park, Anny packte ihr Mittagessen aus dem Rucksack, und ich trank meinen Aloe-Vera-Drink. Die Sonne schien uns direkt an, es war ein angenehmes Streicheln, der Herbst im New Yorker Central Park hatte immer etwas von Freundlichkeit. Ich dachte an Hamburg und verglich den Stadtpark. Seltsamerweise war ich jeden Sommer in diesem Park in Hamburg und nun waren es schon drei Jahre, dass ich getrennt von meiner Heimat lebte. Den Stadtpark vermisste ich aus irgendwelchen Gründen, während ich meine Familie oder den Freundeskreise eigentlich kaum vermisste. Ich genoss diesen Gedanken an Hamburg, als Anny mir ein Sandwich anbot. Ich dankte ihr höflich, gab aber zu verstehen, dass der Gesundheitsdrink mein Mittagessen sein würde, und dass ich halt auf meinen etwas zu dicken Bauch achten musste. Sie kicherte darüber und scherzte. Meine Arbeitskollegin und ich waren uns von Anfang an sympathisch gewesen, sie hielt viel von mir und ich tat dasselbe von ihr. Unser Boss, Mr. Grunge, war manchmal hundsgemein seinen Untergebenen gegenüber und doch schafften ich und Anny es immer wieder, ihm etwas entgegenzusetzen, so dass er bei uns beiden keine Chance hatte, grundlos Dampf abzulassen. Wir waren ein gutes Team, andere in unserer Abteilung beneideten uns dafür, weil wir dem Boss immer die Meinung sagen konnten.
„Daniel", sagte Anny appellierend, „ist es in Hamburg im Herbst auch so schön wie im Central Park?"
Ich lächelte sie an und sagte dann: „Nein, Anny, es ist hier schöner als in Hamburg."
Sie biss in ihr großes Sandwich und sagte dann mit vollem Mund: „Du wirst noch zu einem echten coolen Amerikaner", wir lachten beide darüber. In der Mittagspause unterhielten wir uns über unseren Boss Mr. Grunge und

über einige Arbeitskolleginnen aus unserer Abteilung. Nach einer halben Stunde machten wir uns wieder auf den Weg in das Büro. So vergingen die Wochentage des Herbstes im Central Park mit meiner netten Kollegin, die Pausen mit Anny waren immer etwas Besonderes.

Mein Telefon klingelte an einem Sonntagnachmittag und ich nahm etwas genervt den Hörer ab, wollte lieber Ruhe haben und einfach nur faulenzen. Bevor ich mich mit meinem Nachnamen melden konnte, quasselte eine Stimme aufgeregt am anderen Ende los: „Daniel, es ist mir etwas Unheimliches passiert – ich weiß gar nicht, wie ich es erklären soll ... oh, du wirst es mir nicht glauben ... nein – nicht wahr?" Es war Anny. Ich beruhigte sie erst einmal, indem ich ihr versicherte, dass ich ihr alles glauben würde, wenn sie es mir nur ruhig und logisch erzählen würde.

„Nein, Daniel, nicht am Telefon ... Die Bank im „Central" um 16 Uhr, o.k.?"

Ich stimmte zu, und sie legte sofort auf. Was war nur in Anny gefahren? Außerdem hatte sie doch einen Mann zu Hause oder Freundinnen, die ihr bei allen Dingen helfen konnten. Es sei denn, es ging um Mr. Grunge.

Hey, dieser aufdringliche Kerl wird sie doch nicht etwa bedrängt haben? Ich wurde wütend auf unseren Boss, denn obwohl er wusste, dass sie verheiratet ist, machte er sie an. Mit der Zeit, in New York, lernte ich so einige Menschen kennen, aber so ein Benehmen ist eigentlich was für die Disko abends. Auch unsere Mitarbeiter flirteten gern mit ihr. Besonders wenn sie Anny Komplimente machten, wusste ich, dass einige männliche Kollegen sie immer nur ins Bett ziehen wollten. Daher nahm ich jetzt das Gleiche von unserem Boss an, der sie sicherlich am Freitagabend bei Überstunden angemacht hatte.

Ich erledigte meinen Sonntagsimbiss, bestehend aus Peanut Cakes und Amaretto-Kaffee und duschte mich. Immer wieder fragte ich mich, was wohl mit Anny geschehen sein möge, dass sie gerade mich – ihren Arbeitskollegen – in einer intimen Privatsache um Hilfe bat. Nach dem Grübeln unter der Dusche entschied ich mich gerechterweise dann doch dafür abzuwarten und Mr. Grunge keine weiteren Dinge zu unterstellen.

Die Sonne schien sehr leicht, und etwas kühler Wind kam auf. Ich schlenderte über den Zebrastreifen, den ich täglich von dem Weg zur Arbeit her kannte und fünf Minuten später war ich am Treffpunkt. Zum Glück wohnte ich nur fünf Häuserblocks vom Park entfernt. An der versprochenen Stelle sah ich Anny mit überschlagenen Beinen sitzen. Ihr langes feines, dunkelblondes Haar fiel ihr in das Gesicht und sie hatte irgendwie den Kopf auf die Brust gelegt. Diese Haltung kannte ich nicht bei ihr. Es prophezeite aber nichts Gutes. „Anny –what's up?", begann ich das Gespräch, noch bevor ich mich setzte. Überraschenderweise blickte sie mich nicht sofort an, sondern sagte nur traurig: „Oh, Daniel Kempner, es ist grauenvoll." Erst jetzt schaute sie mich an, und als sie mich anblickte, erkannte ich ihre verweinten Augen und bekam sofort Mitleid mit ihr. „Daniel, es ist so … so dumm ... aber ... irgendwie schien es mir richtig zu sein, dich anzurufen." Ich wartete, aber sie sprach nicht weiter. Sie schwieg und schaute verträumt auf die Wiesen vor uns. Ich tat es ihr nach. Einige Kids spielten Soccer und in der Ferne sahen wir beide unser Bürogebäude in der Skyline von Manhatten. „Anny, was ist los?", fragte ich ungeduldig. Sie schluchzte und rieb sich mit einem Taschentuch die Augen. Ich erkannte die Dringlichkeit und beugte mich herunter zu ihr, saß fast in der Hocke vor ihr und wartete ab. Irgendwann nahm ich ihr die Strähnen aus dem Gesicht und hob zart ihr Kinn, so dass sie mich anblicken musste. Wir blickten uns tief in

die Augen. Sie zitterte um die Lippen herum. „Anny, was zum … sag bloß, Mr. Grunge hat dich … oh, wenn ich ihn Montag sehe, drehe ich ihm den Hals um." Auf einmal grinste Anny und ich verwunderte mich. Sie freute sich richtig über etwas, was ich durch meinen eben genannten Satz ausdrückte. Mir wurde mulmig zumute. Sollte es wohlmöglich gar nicht um Mr. Grunge gehen? Ich wurde unsicher und nahm meine Hand aus ihrem Gesicht. „Oh", sagte ich verlegen und spürte, wie mir das Blut in das Gesicht schoss. Schnell, um abzulenken, stand ich auf und blickte oberflächlich in irgendeine Richtung. *Jetzt nur nicht nervös werden*, dachte ich. „Du hast dich eben sehr rührend um mich gekümmert, ich danke dir, Daniel!", sagte sie mit dieser weichen, feminin Stimme, die man meist nur hört, wenn man ihr gerade ein Kompliment ausgeteilt hat und es wohlwollend aufgenommen wurde. Meist sind Frauen da schon noch zu begeistern, auch in der heutigen Zeit. Gerade in der Postmoderne, wo Coolness alles ist und Natürlichkeit langweilig!
Aber anscheinend hat Anny noch etwas Damenhaftes Traditionelles an sich. Diese Bemerkung kam mir spontan. Schien aber zu stimmen, wenn man sie mit anderen Frauen kurz über 30 vergleicht. Vielleicht kann jedes Kompliment zu einer Anrührung im Innern einer Frau führen, aber wer antwortet schon so wie Anny?
Ich behielt in diesem Moment Recht mit meiner Annahme, dass Anny etwas Besonderes war.
Sie zog ein weiteres Taschentuch aus ihrer Jackentasche und tupfte dabei galant ihre verlaufene Wimperntusche vom Auge. „Ach, Daniel, es ist weitaus schlimmer. Weitaus schlimmer." – Schon wieder sprach sie nicht weiter. Und da ich mich in meinen Gefühlen ihr gegenüber verraten hatte und ich sauer darüber war, mich so bloß gestellt zu haben, sagte ich jetzt etwas gereizt: „WAS!?"

Sie deutete mir an, mich neben sie zu setzen. Ich überlegte kurz, dachte daran, dass sie jetzt wohl meinen würde, dass ich alles für sie tun würde und überlegte, ob ich widerstehen sollte. Ich entschied mich für die weiche Seite in mir, die lieber an ihrer Seite Platz nehmen mochte, als den Coolen zu spielen. Sie drehte sich zu mir um und schaute in meine Augen. „Daniel, es ist dieser Traum von letzter Nacht. Er hat mir einiges in meinem Leben verdeutlicht. Ich will ihn dir erzählen:

Mein Mann war an einem anderen entfernten Ort, weitab von mir. Ich fühlte aber keine Sehnsucht ihm gegenüber, stattdessen fühlte ich in mir eine Art Zuneigung zu dir. Du warst mir so nahe, warst aber nicht wirklich in meinem Traum als Person anwesend. Also schien ich mir nur vorstellen zu wollen, dass du anwesend sein solltest. Schließlich haben wir in den letzten Monaten so viel Privates miteinander ausgetauscht. Na ja, auf alle Fälle kippte ich plötzlich ein rotes Herz, das ich in den Händen hielt und das gefüllt war mit rotem Lebenssaft, in ein Gefäß aus schönem silbernen Glas. Diese rote Farbe des Herzens wurde aber in diesem Gefäß schwarz. Und dieses Gefäß gab ich meinem Mann in die Hand. Er wurde zutiefst unglücklich darüber und warf voll Zorn und Trauer das Gefäß auf den Boden, wo es zerschellte. Aus dem schwarzem vergossenen Wasser auf dem Boden formte sich plötzlich eine Schlange und diese versuchte, mich und dich, der du nun personifiziert anwesend warst, zu fressen. Sie sah ekelhaft aus und wir beide liefen vor ihr davon.

Dann wachte ich aus diesem Traum auf und mir wurde bewusst, dass etwas Unheilvolles geschehen würde, wenn ich nicht sofort handeln würde. Also rief ich dich heute an. Oh, Daniel, verzeih mir, aber ich habe solche Angst, und nur du glaubst doch an übersinnliche Wahrnehmung, wem sollte ich denn sonst darüber berichten? Hey, Daniel! Ich bin mir sicher, dass es eine Warnung war. Entweder von meinem Unterbewusstsein oder von Gott. Daniel! Was meinst du?"

Ich atmete überfordert aus. Dachte lange nach und strich mir dann noch nachdenklicher durch die Haare. Ich wusste, dass sie Recht hatte. Das war definitiv eine Warnung. Und ich wusste auch, dass ich ihr sagen könnte, warum! *Aber ich konnte es nicht!* Ich konnte ihr unmöglich meine Gefühle offenbaren. Ich würde dastehen wie ein Tollpatsch. Gerade in diesem Gedankengang wurde ein weiterer Gedanke in mir laut, und der überholte den letzten Gedanken. Da es eh nur um eine Ausrede ging, setzte also jetzt mein Gewissen ein und drängte diese Tollpatsch-Analyse beiseite. Stattdessen kam die Wahrheit hervor: *Ich habe mich ja heute schon verraten gehabt, als ich ihr mit meiner linken Hand die rechte Wange hielt. Das tun Arbeitskollegen nicht.*

Sofort fühlte ich mich offenbart und ertappt. „O.k., Anny, das ist ein tiefsinniger Traum. Nur was habe ich da in deinem Traum zu suchen?", fragte ich schnell abwehrend, um mir nicht zu verdeutlichen, was ich eben in mir analysiert hatte.

Sie biss sich auf die Unterlippe und fixierte meine Augen scharf an. Ich konnte nicht hinsehen, sie durchbohrte mich, sie holte alles ans Tageslicht. Ich versuchte, weg zu schauen. Da berührte sie meinen Arm. Ich zerfloss innerlich. Was war das nur? Ich spürte Nähe. Wie reagiere ich nur? Ihre Person war mir durch diese Berührung noch nie so nah gekommen. Sie drückte sanft meinen Arm und atmete dann laut aus. Ich bekam Angst über das, was sie jetzt sagen würde. Ich schaute auf den Boden und wartete. Einige Sekunden hörte ich nichts und niemanden. Dann sagte sie leise: „*Vielleicht sind Gefühle zwischen uns im Annahen!?*"

Ich schwieg. Sie schwieg und schaute mich abwartend an. Der Central Park schwieg. Die Kids auf dem Rasen schienen zu schweigen. Der Wind schwieg.

Nur ein dunkelgelbes Herbstblatt drehte sich ästhetisch im Wind und fiel vor uns auf den Boden, wie ein bedeutendes Zeichen, als wenn es die Stille durchbrechen wollte und uns nun dazu zwang, ja definitiv uns aufforderte, Stellung zu unseren Gefühlen zu nehmen. Das Blatt sollte so vor uns zu Boden fallen. Da bin ich mir sicher! Leicht ärgerlich darüber, nahm ich die Aufforderung dennoch wahr und sprach, ohne es wirklich zu wollen: „O.k., all right, vielleicht habe ich dich mehr als gern, Anny."

Sie wurde ernst und runzelte die Stirn. „Das habe ich mir gedacht", sagte sie beherrscht und es klang für mich barbarisch. Ich war geschockt. Fühlte mich abhängig und ertappt. Ich zitterte vor ihrer Gelassenheit im Ausdruck. Was konnte ich denn dafür?, dachte ich verteidigend. Anny nahm ihre Hand von meinem Arm, und ich hörte noch eine Stimme in meinen Gedanken ganz deutlich rufen: Bitte, geh nicht fort, Anny!

Ich war ihr also gefühlsbedingt schon ergeben, Mist!

Sie schnürte ihre Jacke zu, legte den Kaschmirschal um den Hals und wollte gerade davongehen. Da fasste ich ihre linke Schulter und wartete ab. Doch Worte blieben mir im Halse stecken. Sie achtete überhaupt nicht auf mich. Drehte sich nicht zu mir um, sondern blieb einfach in dieser Haltung wie angewurzelt stehen. Ohne sich zu mir umzudrehen, sagte sie beim Weggehen: „Ich fühle es auch so in mir!"

Second Chapter: Try and think on something else

Ich lehnte mich zurück und schloss das Buch über Traumdeutung. Ein anderes von Sigmund Freud lag auf dem Tisch. Ich wurde müde. Es war jetzt halb eins, und in sechs Stunden musste ich mich auf den Weg zur Arbeit machen. Wird Anny dort sein? Sollte ich mich krankschreiben lassen? Sollte ich sie küssen? Was nur ist richtig? Ich wollte ihr nicht begegnen, ich will nicht der Schuldige sein, der für ihre momentane Misere verantwortlich ist. Ich will mich nicht schlecht fühlen. Und doch war eines klar. Bei all den Deutungen wurde mir bewusst, dass sie ja schließlich die Person ist, die aus dem guten rotem Herzen (welches die Liebe zu ihrem Mann darstellt) ein schwarzes machte (welches eine erkaltete Liebe ihrem Mann gegenüber offenbarte). Dass ihr Mann die kalte Liebe bemerken würde und ihn innerlich zornig und traurig machen würde, war klar. Dass aber dieser Zustand mich und Anny in einem grauenhaften Heuchelwesen verfolgen würde, zeigte, dass es zu schrecklichsten und subtilsten Gefechten zwischen den beiden Menschen kommen wird. Er, wissend über ihre Emotionslosigkeit, aber nicht wissend über den anderen Mann in ihrem Herzen, der ihm den Platz gestohlen hat, wird ihre Eigenarten spüren und unglücklich, ja zornig werden!
Und wenn sie weiter mit mir flirtet, selbst ohne dass etwas geschieht, reicht das aus, um ihn ganz zum Zorne zu reizen, denn er wird es spüren, dass an seiner Frau etwas verloren gegangen ist. Sie würde sich in ihrem Verhalten verraten. Und ohne dass er von mir weiß, weiß er doch, dass etwas Tiefdringendes in ihr ihm gegenüber brach liegt. Die Option, die sie sich genommen hat, nämlich einen weiteren Mann mehr als zu mögen, würde ver-

heerende Spuren in der Ehe hinterlassen. Selbst wenn sie nicht untreu wird, so reichen die Gedanken, das Flirten und die Entscheidung, dahingehend sich mir in Gefühlen zu öffnen aus, um eine Ehe kaputt zu machen. Ich war mir sicher. So gesehen wurde Anny definitiv von ihrem Gewissen oder auch von Gott selber gewarnt!

Da ich selbst ein religiöser Mensch war, kam mir der Gedanke, dass Gott ja auch durch Träume zu den Menschen redet, und in diesem Fall konnte es keinen Zweifel mehr geben, dass er es auch tat. Ich überlegte nicht lang, sondern beschloss, mich von ihr fern zu halten. Es bestand nun kein Zweifel mehr, alles was dieser Traum ausdrückt, bedeutet Leid. Die Zukunft würde Leid bringen, definitiv.

Es sei denn, Anny und ich würden aufhören zu flirten.

Ich nahm mir also vor, diesen Entschluss, der absolut richtig war, Anny sofort im Büro mitzuteilen.

Im Büro

Es war nun schon 10 Uhr 30, und ich saß noch immer allein in meinem Büro-Zimmer. Annys Akten stapelten sich auf ihrem Tisch. Mr. Grunge war schon ziemlich sauer und spornte mich ständig an, ihre Arbeit zu übernehmen, damit die Manuskripte für die Autoren pünktlich um 12 Uhr beim Drucker sein konnten. Ich schuftete wie nie zuvor. Aber um kurz vor 12 Uhr war sie immer noch nicht da, und drei Manuskripte lagen noch ungelesen auf unserem Schreibtisch. Irgendwann nach 14 Uhr wurde, ohne anzuklopfen, die Tür plötzlich geöffnet, Anny stürzte herein. Mit ihrer Sonnenbrille und ihrem Kopftuch sah sie aus wie Grace Kelly in einem dieser 50er-Jahre-Filme, es fehlte nur noch der Sportwagen. Sie grüßte kurz und ging dann zu ihrem Tisch, sammelte sofort alle persönlichen Sachen in eine Tasche und zupfte wichtige Adressen und Fotos von unserer Pinnwand. Bevor ich irgendetwas sagen konnte, weil ich gar nicht wusste, wie ich anfangen sollte, sprach sie.

Sie schlenderte zu mir herüber und ich erhob mich sofort wie ein Soldat, der seinem Kommandeur zu grüßen vermochte; sie platzierte sich mir direkt vor die Augen und nahm dann echt wie in einem Film die Brille in die Haare. Sie schien schlecht geschlafen zu haben, sie hatte Augenränder. Sie lächelte nicht. Ernst sagte sie dann: „Daniel, ich habe eben mit Mr. Grunge gesprochen, er wird mir in einigen Tagen eine Stelle in unserer Außenfiliale in South Bronx verschaffen. Ich denke, es ist besser so. Ich wünsche dir alles Gute und danke dir für die wunderbare Zusammenarbeit." Mehr kam nicht. Sie schwieg abwartend. Ich staunte erst und dann stotterte ich: „Äh, so gesehen, also ... so hast du vielleicht Recht. Weise Entscheidung, Anny." So log ich. In Wahrheit war ich tief bestürzt. Sie lächelte jetzt zufrieden, beugte sich vor und küsste meine Wange mit dem zartesten Kuss, der ziemlich lange an meiner Backe innehielt. Sehr lange. Zu lange. Es war ein zu schönes Gefühl, Anny so nah und so intensiv zu spüren. Ich war sprachlos und paralysiert. Ihr besonderer weiblicher Wohlgeruch und ihre zarte Haut zogen mich ziemlich an. Ich schwelgte noch im Liebesrausch, da drehte sie sich samt vollen Taschen in der Hand um und spazierte aus dem Zimmer.

Das Letzte, was ich von ihr wahrnehmen konnte, war dieser lange Wangenkuss mit diesem unvergleichbaren Duft. Irgendwie liest man ja immer davon, dass die Weiblichkeit einen betäuben konnte oder fesseln kann, also in diesem Moment war das schon extrem gegeben. Ich sah ihr noch nach, wie sie in diesem wunderbarem kurzen Kleid aus dem Flur unserer Filiale schritt und dachte so bei mir, dass es auf alle Fälle zu einer Annäherung meinerseits gekommen wäre. Ganz gleich aller moralischen Vorsätze, ich wäre diesem Duft und dieser Feinheit der Hautkonturen verfallen. Und jetzt dämmerte es mir total! Ganz gleich meiner Vorsätze, die Wahrheit wurde mir gezeigt. Wieder einmal überschätzte ich mich, denn was man sich moralisch auch immer vornimmt und wie die Gefühlswelt einen dann überrumpeln kann – das sind zwei verschiedene Entscheidungen im Menschen. *Der Geist ist willig, aber das Fleisch ist schwach.*

Ich kann nur sagen, dass der Augenblick mir verdeutlichte, dass ich sicher irgendwann irgendwo dem Fleisch hätte nachgegeben, nur um diese Weiblichkeit einmal zu spüren. Ich erkannte deutlich, dass ihre Konsequenz die einzig Richtige gewesen war. Der absolute Bruch als Notwendigkeit, um ihre Ehe und meine Moral zu bewahren.

Der Cut zwischen uns war die einzige Möglichkeit, um ihre Ehe zu bewahren, um nicht lügen zu müssen, um nicht zu fallen in die Tiefen der Versuchung, ständig heuchelnd und betrügend zu leben. Natürlich gab sie mir ihre Lippen an die Backe für einen so langen Moment, um mir das zu verdeutlichen, was in meinem und ihrem Herzen aufblüht, wenn wir uns körperlich näher kommen würden. Ein Feuer der Leidenschaft, das nicht zu bremsen gewesen wäre.

Mann, sie tat das vollkommen Richtige!

End

Loveslave

ICH bin gefangen in dem Strudel der Schöpfung, in dem Ruf der Sehnsucht, in der Schattenliebe, jene nun in dieser einen Person zu leben begonnen hat.

Seit einem dreiviertel Jahr ist sie mein Spiegel, in dem ich selbst zu reifen beginne. Ich fühle mich so wohl an ihrer Seite, dass es sich hier um die Kraft einer Kernfusionsladung handelt. Ich zerspringe in meine Ur-Teile und werde zu Energie; ich setze die Segel für unsere Zukunft, ein Wind kommt auf, ich bereite mich auf eine stürmische Fahrt vor ... wohin treiben wir? In die Beliebigkeit nach drei Jahren?

Denn schon viele Stürme durchwanderte ich, zog von Mündern zu ihren Augen und bat ewig um Einblicke in Frauenherzen. Doch die Stürme trieben mich immer wieder in meinen jetzigen unseligen Zustand.

Der Schmerz erlaubt sich, seine Aufgabe gut zu erledigen.

Ich schwebe in der Nicht-Welt, jene Metaebene, die Abläufe auf der Erde von oben zeigt ... Das Gefühl ist der Bindung zum Weibe gewidmet. Verliebtsein bindet, es fixiert alle Gegebenheiten auf diese eine wundervolle Person.

Sie ist unsere Projektion. Sie ist das Tor zu der reifen Existenz. Ich dachte es mir schon, an ihr reife ich. Ich koste die sanfte Glut der Weiblichkeit, wie sie sein sollte, bevor sie fielen. Diese nun, diese eine durchbrennt mein Herz und lässt alles zerfließen.

Ich neige meinen Kopf in Gedanken, dieses zu erfahren – welch blendendes Verlangen die Liebe doch ist!

Nun will ich diese Glut aus mir heraus brennen. Oh, bitte, wenn es einen Weg gibt, um der Liebe zu begegnen, ohne alles in mir zu zerlegen, dann bin ich bereit, diesen Weg zu finden und ihn zu gehen ...

Ich winde mich wie eine Schlange am Boden, ich sehe dich und sofort beginne ich zu fühlen – deine warme Nähe. Ich selbst bin so kalt, da ich ihre Wärme glaube zu benötigen!

Ich decke mit meiner Sehnsucht alles Begrenzte zu.

Du gibst mir die totale Aufgabe, sie zu lösen, ist eine Existenzfrage.

I just kissed her
oder
Von der Idee, das Dunkle himmelblau zu machen!

Ich zerrieb den schwarzen Punkt, den ich mir aus meiner Seele genommen hatte, auf meinem Teller vor mir. Dann begann ich zu reden: „Diese Sache, na, du weißt schon ... ich meine, diese Sache mit dem Lügen, also das Betrügen, also der Kram halt. Also, das ist jetzt vorbei." Mein Freund schaute mich mit misstrauischem Blick scharf an, ich senkte vor Scham den Kopf. Er sagte nichts. So als ob er mir das Schweigen als Zeichen seines Richtens übermittelte. Ich hatte ja gedanklich meinen inneren Schweinehund zertreten und aus meiner Seele genommen. Er lag da zerknüllt vor mir auf meinem Teller. Also ist die Sache Vergangenheit.

Meine Frau ließ sich scheiden. Die Wohneinrichtung wurde an dem Abend meiner Offenbarung von ihren Wutanfällen zertrümmert. Dabei war mir auf dieser dummen Betriebsfeier doch nur ein Kuss ausgerutscht, verfing sich an der Chefsekretärin. Mann, das war alles. Und jetzt das hier. Die Frau meines Herzens will die Scheidung, wegen eines simplen Knutschers.

Folgendes: Es war eine Betriebsfeier. Mit Alkohol. Da war Susanne, die Sekretärin vom Chef. Die mit den großen blauen Augen. Mit ihrem ständig naiven Blick. Die wirkte an dem Abend so heiter, da gab's halt viel Wein und viel albernes Benehmen. Und bei der Polka drehte ich mich irgendwann zu ihr um und knutschte sie. Sie ging voll drauf ein. Innerlich voller Schuldgefühle erzählte ich dann Karin, meiner Frau, von dem Ausrutscher. Die sprang im Dreieck und schrie empört: „Und das nach erst drei Ehejahren – du Mistkerl." Sauste nach oben und packte ihre

Koffer. Ich war noch völlig angetrunken von dem Abend, wusste gar nicht, was ich tun sollte und bat sie immer wieder, die Sache doch einfach zu vergessen. Das brachte sie nur noch mehr auf und da flogen Scherben. Die Einrichtung samt Glasschrank lag in tausend Teilen auf dem teuren, erst einem Jahr alten Mahagoniboden. So kann es einem passieren. Dabei war ich doch ehrlich. Mein Freund schaute mich prüfend an und nickte halb mitleidig, halb nach dem Motto *"Siehste, das haste jetzt davon ..."*. Er wusste wohl, dass ich schwere schlaflose Nächte erlitt, seit Karin fort ist. Mein Liebchen. Einfach abzuhauen – wie konnte sie das tun?

Ich zog mir meine Krawatte zurecht und hoffte innerlich jedenfalls noch darauf, das ich jedenfalls der halbnackten Bedienung gefallen könnte, die gerade unsere leeren Bierkrüge abräumte – wenn schon nicht mehr meinem Liebchen. Schließlich ist Karin mit dem Auto abgehauen, ließ 48 Stunden später die Möbel nachkommen und seither habe ich nichts mehr von ihr gehört. Sie ist wohl bei ihren Eltern in Stuttgart. Vermutete ich. *Wenn ich sie nur sehen könnte und alles erklären ... ja, erklären ... könnte ich dann ... alles.* Verwirrt wegen meinen inneren unaufrichtigen und verdrehten Worten schwieg ich lieber, bevor mein Gewissen mich verklagen würde. Hatte nämlich eins. Ein großes Gewissen. Eigentlich ... auch wenn ich mir diesen Fehler gar nicht eingestehen wollte. Das ganze Geflirte mit der Frau fing ja eigentlich schon im Büro an. Aber es war damals wirklich relativ harmlos ...

Nur wegen Susanne ist das alles passiert. Hure! Denn ich bin eigentlich ein Mensch, der Rücksicht nimmt. Jawohl, das bin ich. Also, wenn es mir passt. Ich hab sogar schon öfter bei mir bemerkt, wie mich Frauen optisch angesprochen haben, bin aber ganz klar in die Verneinung gegangen. Definitiv. Keine Untreue. Aber hier ist es wirklich nichts Wichtiges gewesen. Ich meine, was ist ein Kuss?

Ich stellte diese Frage laut, so dass Peter sie hören konnte. Er antwortete sogleich: „*Also wirklich, Tim, bist gerade drei knappe Jahre verheiratet und dann schmeißt du dich der süßen Blonden an den Hals, kein Wunder, dass Karin die Sachen gepackt hat.*"

Schockiert über Peters Äußerung verschluckte ich erst einmal mein Lachs-Brötchen im Mund. „Aber Peter, ich habe sie lediglich geküsst. Mehr nicht", rief ich ihn an. Mein Rückblick musste unbedingt auf Verteidigung gestellt werden. Überdies – was wollte Peter mir sagen? Warum tat er das? Hat er denn kein Verständnis? Er war doch mein Freund.

„He, Peter, die Sache war nur ein Ausrutscher, außerdem, wer ist schon diese Susanne aus dem Büro?"

Peter zog die Augenbraun hoch. „Ach, du meinst dieser scharfe Besen aus deiner Etage?", etwas ironisch klang das schon, aber ich merkte es nicht sogleich. Sagte darauf hin: „Ja, genau. Diese scharfe … ich meine diese immer sehr reizend gekleidete junge Dame aus dem Büro meines Chefs."

Peter schüttelte den Kopf und grinste mich siegend an. Mir wurde bewusst, wie ich mich eben versprochen hatte. Ich wurde rot. „Nun ja, war wohl doch sehr augenscheinlich, das junge Fräulein", gab ich geschlagen zu.

Peter nickte höhnisch. Trank den letzten Schluck aus seinem Bierglas und verabschiedete sich ganz spontan von mir, indem er mir auf die Schulter klopfte: „Hol sie zurück, am besten rufst du deine Frau noch heute Abend bei ihren Eltern an." Mit diesem Satz verschwand er. Etwas überrascht über Peters Aufbruch saß ich da. Das erste Mal allein in dieser Nobelkneipe. Ich kam mir bitter hilflos vor.

Peter wollte sicherlich, dass ich in der Stille zu mir finde. Oder wollte er mich in dieser Einsamkeit schmachten lassen, damit mir klar wird, dass ich an diesem Dilemma

schuldig bin? Und dass die in meinen Augen total über-
zogene Reaktion meiner Frau richtig sei?

(Kapitel 2)

Ich zitterte am ganzen Körper, als ich den Telefonhörer
abnahm, um die Nummer von Karins Eltern zu wählen.
Ich stockte, als ich die letzte Nummer wählte. Mein Ego
hatte Angst. Angst vor Karins endgültiger Entscheidung.
Angst, sie könnte sich für immer von mir trennen. Was
war nur geschehen, dass wir in so eine heftige Situation
gekommen waren? Wir hatten doch drei gute Jahre, wo
lag der Fehler, bei mir?
Auf einmal meldete sich eine Stimme in mir:
*Hey, du meinst das doch nicht ernst? Das soll wohl ein Witz
sein?* Eine Stimme in mir, die ich noch nie gehört hatte,
sprach. Sie war ganz deutlich als Gedanke zu vernehmen.
Musste wohl mein Gewissen sein. Also antwortete ich
diesem Gewissen: „O.k., all right – du hast ja Recht. War
doof von mir. Nein, warte, es war sogar mehr als dumm.
Zufrieden?!! Ich hätte Susanne niemals küssen sollen. Ich
tat an dem Abend einfach so, als ob ich nicht verheiratet
gewesen wäre. Das war wie früher, vor vier Jahren, als ich
mit den Jungs loszog und wir unser wildes Leben hatten.
Mann, hör mal zu, liebes Gewissen – vielleicht bin ich
einfach zu unreif mit meinen 38 Jahren?"
Nach einer kurzen Pause sprach das Gewissen schon
wieder: *Jetzt werden wir schon ehrlicher* – sagte die Stimme
ganz deutlich zu mir. Also, überlegen wir gemeinsam,
was mich wirklich zu dieser Tat gelenkt hatte; Lust oder
Egoismus? Ist beides identisch?
Puh, konnte das wahr sein? Unreif? Ehrlos zu mir selbst?
Die Stimme deutete definitiv an, dass ich nicht ehrlich

bin, was meine Begierden angehen. Ich wusste, dass Karin meine einzige Frau sein würde, weil ich sie liebe. Aber das Flirten wollte ich mir nicht nehmen lassen. Mann, jetzt wurde es ernst in mir. Natürlich wollte ich mir die Selbstbestätigung durch andere Frauen nicht nehmen lassen. Diese Stimme in mir brachte mich zum Nachdenken, zum Reflektieren. Sie brachte mich zur inneren Wahrheit! Ich Idiot. Klar, wollte Spaß mit anderen Frauen haben. Natürlich würde ich es immer nur flirten nennen. Aber eigentlich zeigte das bei mir, dass ich definitiv nicht reif für Karin bin, oder dass ich hemmungslos bin. Peinlich berührt, ja ganz erschrocken von mir selbst wurde ich rot und schämte mich richtig. Natürlich fing das doch alles schon im Büro an. Logisch! Aber wie?

Da saß ich nun, den Hörer in der Hand, mit karminrotem Kopf und einem Gefühl, als wenn ich über meine Heuchelei heulen könnte. Aber irgendwie war da eine weitere Stimme, neben der Stimme des Gewissens – die mir sagte, ich sollte nicht weinen. Ich sollte lieber alles wie gehabt managen. Denn wie ich im Büro alle Probleme manage, in meiner Position als Etagenleiter, so will ich auch in einer selbstsicheren Art mein Privatleben managen. Wo kommen wir denn da hin, wenn ich Schwäche zeigen würde und Tränen vergösse. So sprach diese andere Stimme in mir. Ich öffnete mir meine Krawatte und warf sie in die Ecke, wählte die Nummer von Karins Eltern und wartete ab: *„Hallo, hier Meier"*, meldete sich wer, da hatte ich auf einmal einen Kloß im Hals. *Hallo, Ingrid, hier ist Tim. Wie geht es dir und deinem Mann?* Es kam keine Antwort. Nur ein Nuscheln war in der Telefonmuschel zu hören. Wahrscheinlich hielt ihre Mutter die Muschel mit einer Hand fest und plapperte heimlich mit Karin. Ich wartete einfach ab, bis ihre Mutter antworten würde ... aber stattdessen kam es heftig: *„Pass auf, Karin hat die Faxen dicke – hörst du? Sie will dich nicht sprechen"*, sagte die Mutter zu mir in einem empörten Ton. Ich wurde nervös. Wusste nicht, was ich antworten sollte. Von wegen managen ... ich bekam nur noch mehr Angst, dass Karin mich verlassen würde. Ich bat mein Gewissen zu antworten. So sprach ich auf einmal ganz sanftmütig: *„Ingrid, bitte sag Karin, dass ich volles Verständnis für sie habe, und dass ich sie nur ganz kurz sprechen möchte."* Am anderen Ende wurde wieder heftig getuschelt, ich wartete. Und wartete. Und wartete. Dann zum Glück, Karins Stimme: *„Du Hornochse von einem untreuen Mann, was soll ich noch bei dir? Küss doch deine Sekretärinnen und werde glücklich mit ihrem Körper."* Begeistert und bestürzt zugleich, weil sie endlich mit mir zu reden bereit war, und auch verletzt über ihre Worte, sagte ich in panischer Angst ganz unmännlich: *„Oh, Karin, ich fürchte mich davor, dass du mich verlässt. Bitte, Karin, komm zurück – bitte, bitte, zurück ... ich lieb dich doch so."*

Am anderen Ende war es still für einen Moment. Jemand lachte herablassend, schwieg dann wieder. Schließlich sagte sie zu mir: „Darf ich dir eine Frage stellen? Sag mal, wenn du mich liebst, warum gierst du eigentlich bei der erstbesten Frau nach Sex? Was bildest du dir ein, was glaubst du, was eine Ehe ist? Wenn du jemand Modernes finden willst in dieser unmoralischen Zeit, dann such dir bitte eine andere moderne Frau, da könnt ihr dann beide untreu werden und euch einer modernen **offenen Ehe** hingeben ... hörst du! Mach doch ein Swinger-Club auf. Den kannst du dann Sodom und Gomorra nennen."

Ich wollte gerade antworten, da brüllte sie weiter: *„.... und überhaupt"*, fing sie an, während ihr bestimmt Tränen in den Augen standen, *„du weißt ja gar nicht, was Liebe ist. Du und deine Karriere, du und dein Spaß, du und dein ICH– ICH– ICH ...!"*

Heulend am Telefon überbrachte Karin mir eine Wahrheit, die ich nie so gesehen hatte. Sie zeigte mir etwas, was ich nicht kannte. Meinen Egoismus! Unfähig etwas zu sagen, verstummte ich und hörte Karins Weinen am Telefon. Ich wusste überhaupt nicht, wie mir geschah. Hatte ich wirklich nur an mich gedacht? Ein falsches Wort und wohlmöglich wird Karin sich scheiden lassen ... ziemlich sicher sogar ... so wie ich ihre Konsequenz kannte. Plötzlich, als der Gedanke mich ganz einhüllte, war ich paralysiert. Rang nach Atem und nach einem Wunder. Ich suchte nach einem passenden Wort, aber ich fand keines. Oh Gott, was sollte ich nur tun?

Da sprach diese Stimme aus dem Gewissen wieder: „Ich werde mit dir zusammen antworten, öffne dich für meine Gewissheit ... es könnte Schwäche bedeuten ... ich hoffe, du kannst jetzt schwach sein, um die Situation zu retten??" Da antwortete ich sofort in hellster Aufregung: *„Oh, Karin, du hast ja Recht – ich hab nur an mich gedacht. An meine Ichsucht, an mein Leben und an meinen Spaß. Ich schäme mich so vor dir. Ich bin so rücksichtslos gewesen, verzeih mir bitte ..."*

Die Stimme am anderen Ende weinte jetzt noch mehr. So als wenn sie für meine Unfähigkeit zum Weinen einen weiteren Part ihres Ehemannes übernommen hatte, den ich nie hatte ausfüllen können: Schwäche und Gefühle zusammen zu bringen und mich verletzlich zu zeigen.

Ich war eigentlich immer der erfolgreiche Mann. Der Macher, der seiner gesellschaftlichen Aufforderung als Mann nachkam. Männlich und cool. Mit 38 Jahren schaffte ich es locker, 3.000 Euro im Monat zu verdienen. Wir lebten doch ganz gut. Ich dachte, das würde Karin imponieren.

Aber irgendwie brach in diesem Telefonat all meine innere Männerwelt zusammen. Das ganze coole Gehabe und die Selbstsicherheit.

Ich konnte nichts mehr sagen. Meine gesprochenen, weichen Eingeständnisse überraschten mich so sehr. Ich dachte, ich würde das alles nur träumen und Karin liegt gleich wieder bei mir, wenn der Morgenwecker klingelt.

Aber dem war nicht so. Stattdessen hörte ich Karin zutiefst weinen. *„Oh, wenn es nur Wunder geben würde?"*, sagte ich auf einmal völlig unbewusst. Daraufhin hörte Karin abrupt auf zu weinen. Schluckte am Hörer und atmete zitternd aus. Sie schwieg kurz. Dann sagte sie: „Du, du Schuft! Du weißt genau, dass ich dich lieb habe ... dass du mich wieder zurückbekommst ... das weißt du ja eh ... so sehr liebe ich dich." Ich dachte, ich hörte nicht recht, ich dachte eben noch, ich würde zerbrochen an meiner Ehe untergehen, und jetzt war ein Sonnenstrahl in meinem Herzen angezündet. Es wandelte sich das Blatt von einem Moment auf den nächsten. Ich wusste wirklich nicht, wie mir geschah, aber alles in mir leuchtete auf. Ich umklammerte das Telefon mit beiden Händen, drückte es an mein Ohr und sagte ganz sanft: *„Ich liebe dich auch so sehr ... Spatz ... so sehr ... ich will dich nie wieder enttäuschen, hörst du, Liebes ... nie wieder ..."*

Nachwort:

Dass Karin und ich binnen von 25 Minuten Telefongespräch wieder zusammenkamen, wo andere Paare Monate im Streit verbringen, bis sie sich wieder in den Armen haben, grenzt an ein richtiges Wunder. Sie kennen meine Frau nicht, aber wenn Karin sich etwas vornimmt, dann zieht sie das auch konsequent durch. Normalerweise immer. Jetzt bin ich froh, dass ich mich bei ihr in diesem Punkt getäuscht hatte. Ich bin auch froh darüber, dass ich die Chefsekretärin Susanne geküsst habe. *Moment – warten Sie bitte, bevor sie mich missverstehen.* Ich bin richtig froh darüber, dass ich durch diese Unverschämtheit mich selber erst kennen gelernt habe. Und zwar von der innersten Seite meines Herzens. Ich habe erstmalig seit 38 Jahren auf Erden, also nach diesem Vorfall erst wahrgenommen, dass ich ein Egoist bin. Wäre diese Sache nicht passiert, würde ich weiterleben wie bisher. Ich hätte Susanne schöne Augen gemacht und sie mir schöne Beine. Irgendwann dann wäre vielleicht Schlimmeres passiert als dieser Kuss. Ich möchte nur so viel sagen: Durch diesen dummen Vorfall habe ich erst erkennen können, was für ein Mensch ich wirklich bin, ich wachte sozusagen auf. Hat doch diese miese Angelegenheit etwas Gutes für mich und Karin beinhaltet.

Ich sage Ihnen, seit einigen Tagen achte ich mehr auf alles, was ich tue, beziehe Karin in wichtige Entscheidungen mit ein und lebe täglich mit dem Gedanken daran, dass meine Frau *wunderbar* ist. Und ich denke nicht mehr an irgendwelche Hüften von Sekretärinnen …

TRUST

Es lag etwas in der Luft, eine unerklärliche Schwingung vibrierte in der Dichte der Atmosphäre, seine Lippen umschlossen ihre dunkelrot nach Begierde triefenden Lippen. Sie sog sich an seinen Lippen fest und er triumphierte über ihre Hingabe. Es erregte ihn und der Lauf der Natur drückte sich fest an ihren Körper, so dass auch sie nur noch das Verlangen spürte. Ihre Ohnmacht war seine Bestätigung. Der Kuss hatte alles in seinem Leben zum Wanken gebracht, diese kleine Szene entschied nun bei ihm über Leben und Tod. Es war seine Pflicht, die Dinge zu nehmen, wie er sie hervorgebracht hatte. Schuld musste mit dem Tod beglichen werden. Liebe sollte blühen, in der Hand der Ehrlichen. Trug sollte sterben, in der Handlung des Todes. Und nun musste er sterben, für eine Hingabe an die Gier.

Er wog sich zwischen ihren Beinen, sie keuchten den schweren Weg der Inbrunst und gelangten beide gleichzeitig zum Ziel!

Schweißgebadet lagen sie umschlungen nebeneinander. Die Körper hatten ihren Tanz gehabt. Das Kommende ist unausweichlich. Die Traumwelt eröffnet ihm ein letztes Mal seine Bestimmung. *Der Mond wurde bedeckt von einem Schatten und dieser Schatten verwandelte sich in einen Frauenkörper, der mit* seinen Rundungen ein heißes Begehren darstellte. Als er erwachte, wusste er sofort, was zu tun war. Er griff zum Telefon und wählte die Nummer, die er in den letzten 36 Monaten ständig gewählt hatte. Sie nahm ab. . „*Hallo?*" – Er atmete tief in den Hörer, konnte sich nicht überwinden, es zu tun, es zu vollbringen, es zu einem Ende kommen zu lassen, wie vereinbart. Er starb innerlich am Telefon. In der Minute der Bewusstwerdung seiner Schuld. Doch sein Hang zur Ehrlichkeit war größer und tiefer in ihm verwurzelt als bei allen anderen. Er kannte die Konsequenz und dennoch drückte er sich nicht vor dem Gericht der Wahrheitskommission: *„Schatz, die Liebe zu dir wird mich nie verlassen, du bist meine Welt, meine Existenz, meine Frau ... und hier ist mein Vergehen: Die Netze der Triebhaftigkeit schlangen sich um einen fremden Körper."*

... KLICK ... sie hatte geantwortet.

Damit war sein Urteil gesprochen, keine Gnade für Unbeständigkeit. Tränen würgten sich aus seinen Augen und der Blick verfing sich in der Leere ... der totalen Leere ...

Oh, wahnsinnige Existenz – Wofür das Ganze?

My beloved monster

Ich und mein geliebtes Ego-Monster, wir gehen überallhin zusammen. Wir spazieren jeden Tag aus der Tür und ärgern uns dann stundenweise über Erdenbürger. Wir sitzen bei der Arbeit und amüsieren uns über das falsche Spiel der Menschen und dünken uns besser als sie. Wir schauen in Cafés rings um uns, um dann zu sagen, wie verliebt wir in uns selbst sind.

Und dann sagen wir uns noch, dass alle anderen nur wie Statisten wirken – ich und mein Monster. Wenn die Leute vorübergehen, lachen wir innerlich über sie. Wir können uns auch unfreundlich zeigen, wenn wir verletzt werden. Oder wir können heftig hassen, ja, wir wollen verachten, was uns nicht passt.

Ich tue viel, um mein Monster zu beköstigen und mein Monster amüsiert mich dafür. Aber letzte Woche geschah etwas, dass ich und mein Monster nicht einschätzen konnten. Diese zarte, sanfte Frau! Sie trat in mein Leben und erinnerte mich an meine gutmütigen Seiten. Jetzt weiß ich, dass das Einzige, was mich von meinem heiß geliebten Monster trennen kann – diese liebliche Frau ist. Diese süße Sanftheit steht auf meinen authentischen Menschen in mir und damit diesem heiß geliebten Ego gegenüber. Ich denke seither an Freundlichkeit und Rücksicht … komisch … und an Güte ... und an all die anderen Attribute, die ohne mein Monster viel besser zur Entfaltung kommen können. Das ist seltsam.

Ich verstehe das nicht, mein geliebtes Monster ist zäh, es kämpft um mich. Ich solle lieber an mich denken und mein Leben nach meinen Plänen und gelüsten ausrichten – sagt es mir. **Ich weiß schon, was gut ist für dich. Ich bin dein bester Freund** … solche Sachen höre ich dann von ihm. Was soll man da machen? Einen Freund verlässt man ja nicht – oder?

Diese Frau jedenfalls, sie spricht von „uneigennütziger Liebe" und dass sie mit mir nach Afrika gehen möchte, um ein Waisenhaus für Kriegsopfer zu gründen. Mein Monster findet das gar nicht gut. *„Erst ködert sie dich, dann musst du nach ihrer Pfeife tanzen – die will unseren Spaß in den Kneipen beschränken, die will uns unsere Drogen nehmen, pass auf!"*, so warnt mich mein liebes Monster. Wie ein Freund, der einem gute Ratschläge gibt – finden Sie nicht auch?

Na ja, aber seit heute Morgen ist das Gefühl für diese Frau so atemberaubend groß geworden, dass ich, ohne mein Monster zu fragen, einfach zugestimmt habe. Nun gehen wir im Winter zusammen nach Angola und bauen dort das Waisenhaus auf. Dort gibt es keinen Alkohol und keine Zigaretten. Mein Ego tobte und schwor mir Rache, es würde mich nachts nicht schlafen lassen, bis ich eine Schachtel verdrücken würde und 1 Liter Weingeist zu mir nehmen werde. Ich sagte ihm schon, dass er aufhören solle, aber er meint, es wird einen Kampf geben. Entweder er oder diese Liebe. Ich bin gespannt, wie es enden wird ...

Manu Loganey

KAPITEL 2 des moralischen Antagonismus:

THE AGE OF CONSENT

Aus dem allen geht hervor, dass wir nicht streben wollen, verlangen oder begehren, weil wir es als gut beurteilen, sondern umgekehrt; dass wir darum etwas als gut beurteilen, weil wir es erstreben wollen, verlangen und begehren.

– Spinoza –

Das Nichts ist ein mehrdimensionaler Raum mit seiner eigenen Realität und Topographie.

Does a square go through a circle after all?

Kann das Unmögliche zu einer Möglichkeit und damit zu einer bestehenden Umsetzung für dein Leben werden? Ist der Mensch fähig, aus dem inneren seines Ego-Verhaltens auszubrechen und sich wirklich zu ändern? Oder bestimmen die coolen Typen, die als Role-Model für uns gelten, im Fernsehen weiterhin unser Dasein? Wird es der Menschheit gelingen, die Vorzüge der Demokratie zu belassen, während die Gier eingedämmt wird? Ist die Forderung von der CSU, „Big Brother und Co" erst nach 23.00 Uhr zu senden, nicht richtig?! Und doch stehe ich nicht im Geringsten rechts in der Politik. Sehe aber, dass die anderen Parteien diese Forderung gar nicht als Notwendigkeit ansehen. Warum nicht? Ist es freiheitlicher, wenn Schwachsinn uns ständig indoktriniert wird? Ist das Freiheit oder Demokratie? Wie harmlos war Anfang der 80er Jahre unser Fernsehprogramm? Drei Programme, DDR1 noch dazu – wo nur PC(political correct)-Filme liefen. Alles war überschaubar. Manchmal einen Videofilm mit Freunden als Highlight der Woche. Übersichtliches, freundliches Fernsehen.

Unsere Helden hießen damals „Captain Future", der in beispielhafter Weise sich ständig für andere Völker und Rassen in Lebensgefahr brachte, nur um anderen behilflich sein zu können. Oder die Filme von Jerry Lewis und Louis de Funes, die unseren Alltag so köstlich werden ließen, wo die gesamte Familie noch zusammen kam und gemeinschaftlich lachte. Kennen Sie das heute noch? Heute haben wir drei Fernseher im Haus und jeder schaut abends seine eigene Sendung.
Wissen Sie, vor kurzem bin ich mal überfallen worden,

von Jugendlichen an der Bushaltestelle, die schlugen brutal zu und am Boden gaben sie mir noch einen schönen heftigen, völlig sinnlosen und nur auf Gewalt des Stärkeren beruhenden Tritt in den Magen. Raubten aber nichts, wollten wohl Männlichkeit und daraus den Rausch der Aufwertung erfahren. Hatten mich aber so zugerichtet, dass ich nicht mehr richtig sehen konnte, und der Kopf schmerzte eine Woche fürchterlich. Hätte mit der Kopfverletzung auch schlimm enden können. Bei der Polizei sagte man mir nur, dass meine Anzeige nichts bringen würde, das kommt zu den Akten. Es war dem Polizisten eigentlich nicht bewusst, was ich mit der Anzeige erreichen wollte, geschweige denn, dass es ihn tangierte. Mitgefühl geht im Alltag unter. Nicht aus Rache wollte ich, dass die Kids gefunden werden, sondern damit ihnen bewusst wird, dass sie anderen Schaden zufügen, dass sie somit dem Krieg dienen und nicht dem Frieden. Es wäre besser, die hätten ein Role-Model wie Captain Future oder wie Albert Schweizer in ihrer Schullaufbahn gehabt. Deutschland – was bringt das ganze Schulsystem, wenn unsere Kids die Gewalt mehr lieben? Warum nicht Ganztagsschulen mit Ethik-Pflichtkursen? Sozialkunde und Verhaltenskodex. Oder das TV-Programm völlig umwälzten, Sex und Gewalt nur noch nach 23.00 Uhr.
Wer das politisch fordert, ist progressiv! Die Auswirkung des TV auf tägliche Gewaltverbrechen müsste in einer Statistik erhoben werden und allen mitgeteilt werden. Wie wirkt sich Werbung auf Bolemie-Erkrankung aus? Was ist Ethik und wer war Kant? Was ist eine klassenlose Gesellschaft wirklich? Gewiss nicht dieser hedonistische Alltag! Goethe ab der 7. Klasse für alle – warum nicht? Warum gibt es die Todesstrafe immer noch? Ist der Mensch ein Tier oder eine unvergängliche Seele? Ist die Blockade, die Cuba erbarmungslos isoliert, irgendwo richtig? Warum

haben Ma und Pa sich nicht mehr lieb? Lebt schneller, denn die Zeit vergeht …? Liebe deinen Nächsten wie dich selbst – wie soll so was gehen? Hat Vietnam die faschistische Schreckensherrschaft der Roten Khmer ganz allein beseitigt? Kann Materie sich selbst erschaffen? Ist es nicht besser für Jugendliche, Traktoren für die Dritte Welt zu bauen, als Drogen zu nehmen? Wie können wir ernsthaft behaupten, dass Prostitution ein gewöhnlicher Beruf sei? Wettbewerb und Börse? Darf ich das gesamte Geld jetzt endlich verbrennen?

Does a square go through a circle – after all …?

Take your cold love away from me

Nimm hinfort deine kalte Liebe, deinen Hauch, der zu einem Eisblock wird in dem Moment, wo er auf die Wahrheit trifft. Muss dein Hauch nicht feste Masse werden, gerade weil du heuchelst, unehrlich dich mir zuneigst? Ist die Substanz deines Hauches nicht dazu verurteilt, weil du mich betrügst! Belügst du mich? So fallen die Strahlen der Sonne in die finsterste Ecke der Schöpfung. Kälte regiert die Unaufrichtigkeit und wen wundert es da, wenn deine Hände kalt sind.

Berauscht von dem Naturtrieb ziehst du deine Bahnen, ohne Rücksicht auf zerbrochene Krüge in meiner Seele. Iss den Dunst des Heimlichen. Wer wird es dir nehmen wollen?

Wenn dein Gewissen und deine himmlische Liebe in dir es dir nicht sagen, ja dann – dann werde ich es dir auch nicht sagen. Bis du die Reife besitzt. Fürwahr, die Weltkörper drehten sich einst in uns im Einklang, doch nun dreht sich alles in falsche Bahnen, es vereinheitlicht sich nicht mehr zueinander. Deine Selbstbestimmung wirft Körper umher, während ich versuche, die Scherben aufzusammeln, um das Bild wieder zusammen zu legen, das Bild, das wir einst waren. Das Bild, das ich so sehr geliebt habe ...

Running Bear and Little White Dove

„Ich will in das Land der Sonne gehen und wünsche mir, dass du mich begleitest, Little White Dove", sprach Running Bear und blickte dabei verträumt in die tiefen braunen Augen von Little White Dove. Der Wind wehte ihr schwarzes langes glattes Haar nach hinten, so dass es ihm erschien, als wenn sie jeden Augenblick in den Himmel fliegen würde mit Flügeln, wie die Vögel sie haben. Sie blickte an seinem Blick vorbei, voller Absicht, da sie wusste, dass dieses Unternehmen für beide das Aufgeben des jetzigen Lebens bedeuten würde. Alle Verwandten und Freunde müssten sie hinter sich lassen, nur um nicht dem Stammesgericht ausgesetzt zu werden. Beide stammen wie folgt von verschiedenen Stämmen ab, die sich untereinander noch allzu sehr bekriegen, als das eine Partnerschaft zwischen Mann und Frau aus jeweiligen Gruppen akzeptiert wäre, eher noch würden sie beide als Verräter grausiges Gericht erwarten müssen. So treffen sich beide in Nächten unter Vollmond am Flusse von Spokane, in Wäldern außerhalb ihres Territoriums und in heimlichen Tagen in der Prärie. Die Tage sind üppige, an denen beide sich treffen konnten, und dennoch ist ihnen nie der Gedanke gekommen, ihre Liebe über ihre Familien zu stellen. Nun ist dieser Tag gekommen, Running Bear stellt Little White Dove die Frage des Gewissens und sie hat sich schon früh davor gefürchtet, dass jener Moment in ihr Leben treten würde. Die Liebe für diesen tapferen Krieger, der in ihren Armen doch so zart wird und so ganz anders wirkt, so ehrlich und ursprünglich in sich selbst. Jener Mann nun stellt sie vor die Wahl, alles aufzugeben, ihre Freunde und Familie, ihren Vater soll sie verlassen, der doch zweiter Häuptling im Dorfe ist und dem es nicht gut bekommen würde, wenn seine Tochter ihm Unheil bringt.

Hier nun steht sie vor dem Bruch, der Bruch für die Liebe und eine ungewisse Zukunft. Oder aber ein Zurückweisen und ein schmerzvolles Dasein in der Heimlichkeit ihrer Liebe, mit der Aussicht, niemals Kinder diesem Manne schenken zu können, da dieses beide verraten würde.

Die Tage ihrer Ruhe und der Heimlichkeiten unter Vollmond und der Behaglichkeit sind vorbei. Es wirkt für sie so, als wenn mit dieser Frage auch ein Stück ihrer Jugend verloren gegangen sei, just in diesem Moment bekennt Little White Dove innerlich, dass sie ihre Jugendjahre abgelegt hat. Alle Erinnerungen, das freudige unschuldige Sein wird durch diese Frage erschüttert, und egal was sie antworten wird, dieser Moment hat sie schon erwachsen gemacht und damit einen Teil ihrer Unschuld geraubt. Dies alles sieht Running Bear natürlich nicht, und er wird es in ihr auch nicht erkennen noch sehen können. Aber sie weiß um den Preis ihrer Beziehung – darum weicht sie seinem Blick aus.

Der Duft der Steppe brachte sie zu der Überzeugung, dass sie gerufen wird, von der Freiheit und dem Leben außerhalb ihres Stammes. Diese Deutung nun, falsch oder richtig, hat ihr eine Entscheidung gebracht.

Tage später
Die vereinbarte Stelle zwischen den Felsbänken des Spokane, 100 Meter über dem Wasserfall, auf einer alten Holzbrücke. Den Ort, den beide nur zu gut kennen, denn es ist gleichzeitig die Grenzmarkierung zwischen beiden Stämmen. Sie treffen zusammen in der Mitte der Brücke. Umschlingen sich in der Fülle der Freude und pressen ihre Lippen ineinander.
Running Bear, der sich wie ein verwandelter Mensch

fühlt, hat alles in seinem Kriegerleben dahingegeben, um diese Person zu ehelichen, auf indianisch, in einer naturverbundenen Segnung. Die Tiere sollen ihre Trauzeugen sein und die Bäume ihre neue Behausung. *Die Wolken am Morgen werden uns die Rauchzeichen des Schöpfers sein, der uns begrüßen wird.* So pocht in mir, Running Bear, das Herz der gesamten Natur.

Die Umarmung auf der Brücke dauerte seine fließende Zeit, alle Zeit der Welt stand ihnen nun offen ...

Plötzlich jaulendes Geschrei, Pferdehufe und bekannte Stimmen, an beiden Uferseiten tummelten sich jeweils die verfeindeten Stämme. In heller Aufregung über das Vergehen der Ausreißer und Verräter. Das Donnern des Unwetters, welches mit dem Erscheinen der Kriegerstämme aufkam, brachte einen Sturmwind herbei, der nun stark an der alten Holzbrücke zerrte. Entsetzt und bestürzt sah Little White Dove in zehn Metern Entfernung am Rand des Ufers ihren Vater ihr zurufen, gleichzeitig auf der anderen Seite vernahm Running Bear das Rufen seiner Brüder.

Eng umschlossen, nicht voneinander lassend, nur mit dem Schrecken des geplatzten Traums behaftet, blieben sie regungslos ineinander verhaftet. Die Rufe wurden lauter und aggressiver, Kummer lag auf seinem Gesicht, sie atmete ihren traurigsten Atemzug, nie hatte sie diesen Atem heftiger in ihrer Lunge brennen gespürt als jetzt. Auch nicht, als sie im Kindesalter an ihrem Pony gehangen hat und zusehen musste, wie es Feinde entführten, selbst da nicht, hier nun aber spürte sie mehr als Trauer, es war eine Vorankündigung für das Aussichtslose, was kommen würde ...

Die Naturgewalt tobte, Regen plätscherte an ihnen herunter, sie konnten sich nicht bewegen, wollten nicht, als wenn jede Bewegung ihre Lage verschlechtern würde. Angst ist gewichen, Hoffnungslosigkeit durchschlug das

Paar. Running Bears Gedanken schmerzten ihn, denn die Kultur der Feindschaft unter Völkern wollte ihre Trauung nicht zulassen, er dachte an die Vögel und ihr Gesang zur Freude des Liebespaares, alles sprang hervor, wie ein Gedankengang, der noch einmal sich erlaubt zu gedeihen, bevor er von der Realität eingeholt wird. Dieser aber nun, dieser Gedankenflug wurde erhört von der Kraft der Schöpfung: ein Tau, das die Brücke zusammenhielt, löste sich im Wind und ließ die Brücke zusammenfallen. In dieser Sekunde hatte Little White Dove ihren Kopf an die Brust von Running Bear gelegt, in der Hoffnung, ihn nie mehr loszulassen.

Der Abgrund ließ beide festumschlungen niederfallen, in die Gewässer des Spokane, ohne voneinander zu lassen, wie ein Stück Baumrinde, das mit Harz an einem anderen Stück zusammenklebt, fielen sie in den Abgrund und tauchten ein in den Sog des „Flusses des Lebens", wie er von den Indianern sinnbildlich genannt wird.

ENDE

Erläuterung und Auslegung zu diesem Text vom Autor :

Der Moment, in dem beide ineinander sind und fallen, ist der sinnbildliche Ausdruck für das Einswerden bis über den Tod hinaus. Stellen Sie sich bitte vor, Sie würden in deren Situation von der Brücke stürzen und hundert Meter tief fallen. Logischerweise würde im Fall sich einer vom anderen lösen, psychologisch gesehen, würde der Schock schon dafür sorgen, ein Reflex vielleicht auch noch, aber es ist schier unmöglich, hundert Meter tief zu fallen und sich dabei zu umarmen. Was für eine Kraftanstrengung ist hierzu nötig? Ungeahntes. Übernatürliches, welches in der Psyche eine Kontrolle auszuüben hätte, deren Kraft an Übersinnliches denken lässt. Keiner kann in einen Abgrund stürzen und gleichzeitig einen starken Willen aufbringen, der die Person im Arm nicht loslassen würde. Es ist nicht möglich.

Es sei denn die Liebe, und die wirkliche Kraft der Liebe hält sie beide so sehr zusammen. Das ist Übermenschliches. In alkoholisierten Zuständen bringen wir Sachen zustande, die auch enorm sind, wie einen Kinnhacken einzustecken, ohne Schmerz zu spüren. Oder aus der Norm unseres Verhaltens auszubrechen, was uns später als „unglaublich" erscheint, wenn wir wieder nüchtern sind und unsere Handlungen erfahren. Hier nun liegt aber keine Droge vor, auch keine Schock/Angstumklammerung, die die Psyche lähmt. Nein, ich denke da an eine Kraft, die weitaus Mächtigeres in uns auslösen kann, als wir alle erahnen können/wollen. Die Kraft der Liebe!

Nicht als Märchen, nicht als „mag sein", dass es so etwas gibt, sondern als in uns allen immanentes vorhandenes Potenzial, das extrem darauf wartet, Transzendentes werden zu wollen. Ich spreche davon, liebe Leser, dass ein jeder sich dessen bewusst werden kann. Brechen wir aus unserer Haltung jetzt aus und erkennen im anderen uns selbst.

Die Geschichte ist unter Umständen traurig, wenn sie denn gestorben sind. Sie kann aber auch herzzerreißend sein, weil die Natur sie gerettet hat. Wie auch immer sie ausgeht, für mich heißt die Essenz: Die Liebe überwindet jeden Zustand des Lebens, gerade aber unser wissenschaftlich-logisches Lebensgefühl muss überwunden werden!

ENDYMION

Auf Ihren Schwingen der Liebe gleiten sie dahin. In die Ferne zu unserer Nähe. Unsere Nähe ist das Herz, indem sie leben, sich lieben und uns einen Traum erfüllen. Der Traum von Liebe durch die Zeit aller Begebenheiten. Sie fliegen auf der Liebeswelle, jene kennt doch nur die Unschuld, der Beweis der Wahrheit in ihren Herzen. Das Verlangen nach Eintracht und Harmonie so groß wie 1000 Herzenswünsche dieser Menschheit.

Eine Freundschaft durch das Zeit überwundene Balsam der Zuneigung.

Wo ihr seid, da ist mein Traum. Ich möchte euch irgendwann einholen.

Bis dahin lebt und liebt und strahlt von euch das Wunder der Zuneigung, könnten wir alle doch so lieben.

Eines nur noch, bei meiner ganzen Kläglichkeit der Sehnsucht:

Schaut die Winde des Planeten, wie sie von euch erzählen, zu den Sternen, sie erzählen von euren Taten, Erlebnissen. Wunder der Fantasie, oh, wird denn niemals das zu erreichen sein? Aber wie nur soll ich fortfahren, wenn alles in allem schon in euch geträumt wurde. Möge Gott meine Worte vernehmen und mir verzeihen für diese Flucht vor der kalten Realität in Hamburg, vor den Menschen in ihren logischen Leben voller Eitelkeit und Geldwirtschaft.

Die Aufopferung, ja die Aufopferung ist es! Was für ein Gedanke ohne sie, was für eine Verschwendung eine Sekunde ohne sie, welchen Sinn gibt es ohne sie? Nur sie vermittelt uns weise Existenz.

Do you find this happens all the time?

Wegweiser leiten mir den Weg, er führt direkt zu dir, durch dich hindurch, auf der anderen Seite erscheine ich als neuer Manu.
Du hast mich transformiert, ich wurde von dir geprägt. Wirkt das alles etwas abstrus? Wir sind die Faszination, die unbeschreibliche Liebe zu allen Elementen, es strahlt mich an und aus mir heraus, alles ist in diesem Licht der Liebe beinhaltet.
Immer wieder treffe ich auf dich, und du lässt mich ein weiteres Mal aufhellen. Ich werde dich nicht vergleichen mit irgendwelchen Begierden in mir, nein, eher bist du die Leiter zu der würdevollsten Seite in mir. Ich klettere an dir empor und verharre eine Weile in deiner Gestalt, so bist du wundervoll, unaffektiert.
Sagt das jeder über die Frau, die man liebt? Ist diese Einschätzung also beliebig? Ist der Schimmer Gottes, der zu uns spricht, uns rufen mag in der Freundschaft und der Güte, eines anderen Menschen zu erkennen?
Our love is like the earth, the sun the trees and the birth! Lebst du noch in meiner Gedankenwelt, oder bist du schon Vergangenheit? Bin mir meiner Sehnsucht bewusst. Meine Herzenswärme erschafft unsere Zukunft. Jetzt erst kann ich wirklich lieben, verzichten und geduldig sein. Denn meine innere Stimme gibt mir Kraft und Selbstvertrauen, es ist der Draht zur Ehrlichkeit. Ich möchte Demut erlernen und aus ihr heraus Handlungen entwerfen, umsetzen.

Werden wir Erwachsenen in unserer Liebe wie die Kinder. Ich erfreue mich an deiner Unschuld und liebe die Zärtlichkeit deiner Weiblichkeit. Vielleicht ist es mir vergönnt zu spüren, was Menschen über 33 noch in sich tragen, auch wenn sie ihr Erwachsensein so sehr ausleben, als wären sie durch Coolness dann von Bedeutung. Vergiss dein Alter, werde wieder jung und ehrlich!

Die Zusammengehörigkeit ist der Ozean, in dem wir schwimmen, wo ich dich küsse und wir uns mit allem verschmelzen, was je war – sein wird und Bestandteil der Schöpfung ist. Ich komme, ich springe, ich eile, durch dich hindurch ...

Vergänglichkeit, Authentizität, Begierde und Rolle

Dadurch, dass wir Menschen der Vergänglichkeit ausgesetzt sind, ist uns unbewusst das ständige Hinterfragen des Existierens implantiert.
Woher kommt dieses Nichts, das den Tod beinhalten soll?
Ein Lebensmittelhändler, der geistesabwesend träumt, ist für den Käufer beleidigend, weil er nicht mehr ganz einen Lebensmittelhändler darstellt! Er verkörpert seine Rolle in jenen Vorstellungen nicht, sondern wagt es, ein ebenbürtiger einfacher Mensch zu sein. Ein Mensch in einen weißen Kittel gepackt, lohnabhängig dem Schauspiel der Käufer ausgesetzt.
Authentizität ist ein Verschmelzen von Objektivität und Subjektivität. Der reife Mensch ist permanent im Hier und Jetzt vollkommen damit beschäftigt, alle Menschen als ebenbürtig anzusehen. Berühmte wie Hässliche, alles ist One.
Sexualität beinhaltet das Versinken des Bewusstseins in Gemeinschaft.
Die Menschwerdung ist offenbart im Moment der Versunkenheit in das andere Geschlecht. Da wird Bewusstsein tief–sinnig!! Wir inhalieren den anderen.
Die körperlichen Symptome sind dann Freundschaften und nicht das Ausleben von Gier. Nicht Begierde! Geist sollte im Vordergrund stehen!!
Die Lust ist nur ein „Nehmen" und ein „sich aneignen". Während die Freundschaft von inniger Zuneigung ausgeht. Wir verbinden uns und sind danach für den anderen ein Freund.

Denn die Liebe, sie ist eine Welt, ein Ganzes, etwas Volles, in ihr erstirbt keine Stimmung, welkt kein Gefühl, ohne den Keim zu etwas noch Vollkommenerem!

BILL OF RIGHTS

Sie sitzt an ihrem Schreibtisch auf der Dachterrasse ihres Eigenheims, eine kleine Villa irgendwo in der Wüste von Nevada. Die weiße Bluse leicht geöffnet, damit der Südwind ihr ein wenig Erfrischung schenken kann, denn es ist ein sehr heißer Tag, der ihr das Nachdenken schwer macht. Die Akten stapeln sich auf dem Tisch und lassen somit einen kleinen Wall gegen die Sonne entstehen. Ihr kurzes blondes Haar weht leicht im Wind, den Blick richtet Hilary in die Ferne, sie schwelkt in irgendwelchen Gedanken über Politik und Weltschmerz. Nach einigen Sekunden des Nachdenkens öffnet sie ihre Lippen und formt leise Worte, die sie vor sich hinflüstert.

Jack sieht ihr zu und fängt an zu grinsen, er kennt sie nur zu gut, und jetzt, wo sie ihn nicht sehen kann, weil er im Haus aus dem Fenster schaut, das seitlich von ihr gelegen liegt, nutzt er die Gelegenheit, seine Chefin genauestens zu mustern. Ein Gedanke kommt ihm auf: *„Anmutig, ja, das ist sie immer schon gewesen und in ihrem jetzigen Alter bekommt sie immer mehr Ausstrahlung"*, dachte Jack, während er sie langsam musterte. Hilary ist die Art von Power-Frau, die determiniert sich dem Leben der Politik gewidmet hat. Sie ist seit 22 Jahren mit der Politik verheiratet und noch immer voller Tatendrang, die Welt zu verbessern.

Jack macht sich durch leises Räuspern bemerkbar und Hilary dreht sogleich ihren Kopf in seine Richtung. Ein riesengroßes Lächeln macht sich auf ihrem Gesicht breit: „**Jack**, was für eine Überraschung!", ruft sie aufgeregt, „setzt dich zu mir ...", mit der linken Hand räumt sie den zweiten Stuhl neben sich frei, indem sie Papiere und politische Zeitungen beiseite räumt. Jack gibt ihr einen Kuss auf die Stirn und setzt sich freudig auf den Stuhl. Er fragt aufgeregt: „Hilary, was machst du hier draußen in der Wüste von Nirgendwo?" Sie fängt bei der Bemerkung sofort an zu lachen und sagt erheitert ernst: „Hey, Jack, du weißt, was ich mache, ich schreibe an meinem Buch. Hast du meinen letzten Brief nicht erhalten?" Jack fährt sich durch das Haar, was er ungewöhnlicherweise immer tut, wenn er Hilary trifft. *Warum mache ich das?*, fragt er sich selber in Gedanken. Er kann sich diese Regung nicht erklären, sie bewirkt halt diese Haltung bei ihm. Jetzt jedoch ist es ihm bewusst geworden und ein wenig peinlich berührt, fängt er an zu grinsen, da Hilary ihn kleinlichst mustert.

Nur eines ist Jack sehr wohl bekannt, mit dieser Bewegung versucht der Mann in ihm sich natürlich attraktiv zu machen. Und da Jack Psychologie als Nebenfach an der Universität belegt hatte, kennt er sich bei Verhaltensweisen von Menschen bestens aus. So nun auch über seine Verhaltensmuster. Nun ertappt er sich dabei, wie er männlich wirken möchte, wenn Hilary ihm begegnet. Er weiß nun, dass sie es ahnt, dass er sich für sie ... *oh well, wie auch immer, offenherzig ist es so,* sagen seine Gedanken zu ihm. Aber warum sollte er sich etwas vormachen? Natürlich mag er Hilary innerlich sehr, sehr gern, oder sagen wir so, er liebt ihre unnatürliche Weiblichkeit und Individualität. Ja, das klingt gut, das klingt harmlos, mit diesen Gedanken kann Jack sich also beruhigen, alles und nichts zugleich gesagt zu haben.

Jack zögert, bei all den Gedanken, denen er eben nachgegangen war, ist ihm keine Antwort auf ihre Frage eingefallen, und Hilary hat inzwischen ihr überlegenes Lächeln aufgesetzt. Ihre Rückhand weiblich anmutend unter das Kinn geschoben, lächelt diese schöne Frau nun wieder dieses herrliche Lächeln, welches ihn ganz einhüllt. Sie genießt ihre ganz individuelle Schäkerei nach dem Motto: „Ich mache dich also noch immer nervös, Kleiner, nicht wahr?"

„Hilary, ... äh ... es war ein schöner Brief, ja, danke, toll zu hören, dass du nun für den Vorsitz kandidierst. Ich wünsche dir natürlich viel ..." Sie unterbricht ihn, indem sie mit der Hand abwinkt und noch mehr zu grinsen anfängt:

„Oh, come on – Jack, du weißt, dass ich kaum Chancen habe, gegen die Mächtigen im Staat anzutreten, die alle Patrioten dieses Landes hinter sich vereinigen. Und gerade jetzt, wo Amerika bedroht ist von außen. Wer wird in Krisensituationen wohl eher gewählt werden?"

Jack zuckt mit den Schultern, zieht dabei eine Schnute und sagt: „Du natürlich, wer sonst? Hey, wer in Amerika ist schon so unklug und richtet die Welt in ein Chaos, durch ein Cowboy-Kabinett? Nein, Hilary, unser Volk ist vorsichtiger geworden und längst nicht mehr so dumm wie früher! Denk daran, wie viele NADER gewählt haben."

Sichtlich erleichtert über Jacks Worte, lehnt sich Hilary auf ihrem Polsterstuhl zurück und verschließt dabei die Arme. Beide schweigen sich an. Jack denkt urplötzlich darüber nach, ob er ihr wohl ein wenig zu viel Butter auf das Brot geschmiert hat.

Hilary indessen sieht geistesabwesend in die Ferne, in die gleiche Richtung, wo heute Morgen die Sonne fest am Himmel stand. Nun sieht sie den dunkelroten Himmel, der die Abendsonne ankündigt. Die Welt und ihre Schönheit. Danke, Himmel.

Es scheint ein Rätsel zu sein, der Ort, an den sie sich versetzt, wenn sie so geistesabwesend schaut, ist der innerste Ort ihres Daseins, und genau dort wünscht Jack sich hin. Genau in diesen Seelenbereich, wo Hilary ihre Kraft herschöpft, um gerechte Politik zu machen:

Sozialversicherung für alle!,

schreit es aus dem Ort. Was für weitere Ideen dort wohl geboren werden? Jack zupft an seiner Jeansjacke und setzt sich cool seine Sonnenbrille auf. Nach kurzem Zögern fängt er an, leise zu reden: „Hilary, sag mir bitte, an was du denkst?"

Für einen Moment wirkt es so, als wenn sie ihn nicht gehört hätte, dann schwenkt sie langsam den Kopf zur Seite und schaut Jack tief in die Augen. Es wird ihm etwas seltsam zumute, denn der Ernst ihres Blickes macht ihm Angst. Endlich spricht sie: „Jack, ich sehe Gefahren auf dem Weg der Politik, viele werden versuchen, mir etwas anzuhängen, nur damit ich auf dem Weg in das Weiße Haus scheitere. Hast du eine Ahnung, was ich für heftige Debatten durchzustehen habe?"

Sorgenvoll schaut sie ihn an. Er schweigt. Geduldig wartet Hilary seine Antwort ab.

Er überlegt einige Sekunden, dann plötzlich umgreift Jack die Hände von Hilary. Teilt ihr sofort mit, dass er vollstes Verständnis für ihre Sorgen habe: „Hilary, das glaube ich dir, es wird ein Kampf werden. Aber siehst du nicht, wie wichtig du bist für das Amt ... hey, du bist so wichtig wie die Stromversorgung für ganz Amerika!

Du sagst, dass jeder Amerikaner, ob vermögend oder arm, das Anrecht auf Sozialversorgung haben sollte. Dadurch bist du für viele Amerikaner die Hoffnung. Sie können endlich jede Arztkosten bezahlen und wahrscheinlich rettest du auch noch jemandem das Leben, weil dein Grundsatz jedem Bürger Medikamente und Krankenhausaufenthalte auf Staatskosten gewährt. Das ist einfach nur richtig, daher zweifle nicht, Hilary?"

Hilary seufzt tief auf und ein Strahlen huscht über ihr Gesicht: „Danke, Jack, danke für deine Worte. Darum will ich Politik machen, ja, genau darum will ich dieses utopische Gesetz in Amerika einführen."

Jack drückt zustimmend ihre Hände, die er ganz automatisch in die seinen genommen hat. „Es wird sich lohnen, es lohnt sich immer, für andere etwas zu tun, was sie selber nicht ausführen können. Schau meinen Job an, als Sozialarbeiter in Harlem ist es nicht immer leicht. Die Brothers wissen manchmal noch nicht mal, dass es überhaupt Rechte gibt, die ihnen unser Staat zusichert. Sie wissen nicht, wie sie Gelder überhaupt beantragen können. Eher sitzen diese Leute mit Schulden in ihrem Unglück und fangen an zu trinken oder Crack zu rauchen. Ich sage dir, diesen Menschen wird durch dein Gesetz geholfen und etliche werden vor dem Drogenuntergang bewahrt werden. Ich sage es dir, bei der „Bill of Rights" – **das wird der gerechteste Gesetzentwurf seit der Gründung der Vereinigten Staaten von Amerika werden."**

Union City Blue

Die Skyline von Manhattan schimmerte in dem tiefsten Blau, das ich je in meinem Leben gesehen habe. Keine Wolke war am Himmel zu sehen. Ich sah in das Blau des Himmels und sehnte mich hineingezogen zu werden, diese Sanftheit, diese Leichtigkeit des Himmels. Debbie staunte und blickte mich verwundert an. „Wie kannst du nur so glücklich sein?", fragte sie mich verwundert. „Wir haben gerade unsere Kündigung bekommen und du strahlst förmlich. Wie ist das möglich?" Ich ließ sie noch ein wenig sich wundern, dann sagte ich lächelnd zu ihr hingewendet: „Debbie, sind wir nicht frei für den Augenblick? Trotz der Arbeitslosigkeit? Trotz der Schwierigkeiten, die uns unser Chef Mr. Montgomery gemacht hat, fühle ich mich so frei und ungebunden. Ich schaue in diesen Mittagshimmel an einem Montagmorgen, während andere Leute gebunden an ihren Arbeitsplätzen sitzen. Ich habe einen Moment wie diesen in den letzten zehn Jahren nicht mehr erlebt. Das Wasser vor uns, die Menschen weit ab in ihren Straßen und nur ein paar Autos sind zu hören, wie ruhig diese Stelle doch ist. Lass es auf dich wirken … komm, gebe dich doch einmal im Leben dem Moment hin, lass alles andere Vergangenheit sein."
Debbie, sichtlich überfordert und verärgert über meine philosophische Ader, schüttelte nur den Kopf. Sie war sehr wütend darüber, das auch die AOL-Gewerkschaft unsere Kündigung nicht aufhalten konnte, nur weil wir uns über die Arbeitsbedingungen beschwert hatten. *Haben Sie, verehrter Leser, schon einmal Low-Jobs, oder auch Afro-Jobs genannt, verrichtet?*
Ja, Ja, da wo Menschen arbeiten, die an gefährlichen Substanzen im Laufe ihres Lebens erkranken müssen, weil die Firma keinen Mundschutz stellen will? Haben Sie nicht, na, dann erzähle ich Ihnen lieber nicht, was es

im Jahre 2004 in einem zivilisierten Land noch so alles an brutalen Jobs gibt, die ich gemacht habe. Ich habe mal mit Tagelöhner in einer Glaswollfabrik gearbeitet, auf meinen Kontaktlinsen waren dann alles so kleine Schrammen … soll ich aufhören? Na gut, Entschuldigung, dann erzähle ich von der Geschichte mit Debbie weiter:

Sie konnte wenig Gold in meinen eben gesagten Worten finden. Zu sehr regte sie die Angst um ihre Zukunft auf. Sie hatte schließlich zwei Kinder zu ernähren. Greg vier und Susan elf Jahre alt. Während ich seit meiner tieftraurigen Scheidung nur für mich und meinem Kater Billy zu sorgen hatte. Überdies, was hatte ich zu verlieren, ich trug für niemanden Verantwortung, sie jedoch schon. Mir fehlte es etwas an Feingefühl, vielleicht hätte ich eher sorgenvoll ihr erzählen sollen, dass man in unserem Alter kaum noch eine Chance auf Umschulung hat.

Gelassen blickte ich sie an und hoffte, mit meinem breiten Grinsen ihre Stimmung heben zu können. Sie ließ sich ganz leicht bekehren und fing an zu schmunzeln. Das war ein gutes Zeichen! Mit meinen 54 Jahren war ich durch endlos viele Jobs gegangen, sie indes, jung wie sie war, hatte gerade ihren zweiten Job im Leben verloren. Ich derweil strahlte vor gutem Gewissen, da wir beide der Belegschaft zeigen konnten, dass zwei kleine Angestellte für Rechte kämpfen konnten. Die Belegschaft überreichte uns Blumen und endloses Händeschütteln zum Abgang, für mich war das allemal lohnenswert, so seinen Job zu verlieren. And justice for all … riefen sie uns zu. Ich war überwältigt. Ein einziges Mal waren wir alle eins.

„Debbie, ich habe uns ein Gedicht geschrieben, willst du es hören?"

Sie überlegte, zwinkerte mit den Augen, wegen der Sonne oder wegen meiner Betonung von „uns ein Gedicht geschrieben", ich wusste es nicht genau, ließ es aber darauf ankommen, auch wenn es peinlich werden könnte.

Wir nahmen Platz auf einer Bank, die am Fluss von Queens einsam und wohl kaum herum benutzt stand. Dann legte sie gespannt die Blumen von unserem Vorarbeiter auf ihren Schoß und wartete leicht aufgeregt ab. Sie rückte ein wenig auf zu mir, um mich besser hören zu können. Ich saß im Schneidersitz auf der Bank. Etwas ungewöhnlich für einen erwachsenen Mann, aber diese Jugendhaftigkeit, die doch nur das Verbundensein mit der Natur ausdrücken soll, wollte ich mir von niemandem nehmen lassen. Erst recht nicht von Menschen, Gesellschaften, Systemen, die diesen Planeten mit chemischen Zusätzen in Nahrung und Wasser vergiften, die Natur mutwillig zerstören und sich ständig in ihren Autos als die Herren der Straße fühlen. Nee, von denen wollte ich mir nicht unbedingt eine Sitzordnung verschreiben lassen. Also blickte ich etwas verträumt auf das Wasser hinunter und kratzte mich aufgeregt oder vielleicht war es auch Verlegenheit, also verlegen am Ohr. Endlich nahm ich allen Mut zusammen und stotterte los. Ich fing an, meine zerknüllten Papierseiten zu glätten, setzte mich ihr gegenüber und begann abzulesen:

„Der Mensch lebt, um mit anderen Menschen zu leben,
nicht um an seinem Ego sich zu erheben.
Wessen Brot ist das, welches aus der Erde kommt
und auf den Tellern der Menschen liegt?
Wer sagt mir, dass Afrika weit entfernt ist? Es liegt mir sehr nah!
Wer sagt, dass die Mutter in El Salvador ihr eigenes Leben lebt, weitab von dem unseren hier?
Frag sie, und du wirst sehen, welches Problem sie hat, denn die deinen gleichen ihren.
Welt, was erzählst du mir? Nation? Ich habe keine Nation, zu der ich gehöre!

Ich verfasse diese Worte aus dem Griffel und lebe mit allen verbunden … was will die Welt mir denn erzählen? Die echte Welt ist in meinem Herzen, egal was Regierungen mir erzählen wollen."

Debbi schaute mich mit großen Augen an und lächelte mit allem guten Geist, der sie nach diesem unprofessionellem Gedicht berührt hatte. Plötzlich stand sie auf, nahm meine Hand und sang ihr Lieblingslied, das, was ich in den letzten Monaten ständig von ihr hörte, in den Pausen, auf dem Rückweg eines schweren Arbeitstages, und wenn sie verträumt am Laufband stand und in ihrer eigenen Welt so süß schwelgte.
Sie sang es wieder, nur lauter und freier als jemals zuvor:
I don't wanna be like other people are
Don't wanna wash my car, don't wanna have to work like other people do
I want to be free , I want to be true.
Ich fühlte mich auf einmal wunderbar verbunden mit ihr, eigenartig nah, ungewöhnlich, denn es schien, als wenn etwas in ihr ausgelöst wurde, was die alte Haut abpellen ließ, eine ganz aufgeweckte Debbie stand auf einmal vor mir, riss an meiner Hand und zerrte mich hinunter zum Fluss, dabei sang sie dieses Lied in absoluter Verzückung. Ich entschloss mich, mir selbst zu verbieten, diese Frau in diesem Zustand zu unterbrechen, mit dummen Fragen und dergleichen. Niemand sollte Debbie aufhalten, ihren Prozess des Werdens zu beenden. Was auch immer sie werden würde, oder eher gesagt, was auch immer in ihr endlich aufbrach und aus ihr zu strömen schien, ich hatte nicht das Recht, einem Mitmenschen diesen wichtigen Moment zu nehmen. Ich wünschte in dem Augenblick, ich

würde dieses Lied kennen, es würde mich vielleicht auch so sehr verändern, wie es das Lied bei ihr nun tat.

Am Ufer des Flusses angekommen, riss sie sich die Kleidung vom Leibe und ehe ich irgendetwas sagen konnte, sprang sie einfach nackt und dabei sehr graziös aussehend in das Wasser. Ich stutzte, überlegte noch einige Sekunden, zögerte dann noch weitere bedeutungslose Sekunden, um dann endlich zu einem Entschluss zu kommen: ich wollte auch das kalte Blau erleben, wie es mich umhüllt und von diesem ganzen Alltag der Welt und ihren Problemen fortschwemmt. Also sah ich ihr nach und begann mir zu überlegen, wie man solche Momente im Leben wohl nennen könnte. Spontaneität trifft es nicht genug, ist da zu kurz gedacht. Man, schoss es mir selbst durch den Kopf, es ist ein Spätsommertag – was gibt es da noch zu überlegen?

Ich zog mich also auch aus und sprang hinterher.

Ließ mich einfach treiben ... sorglos und frei, ich begann wirklich zu singen:

I don't wanna be like other people are
Don't wanna wash my car, don't wanna have
to work like other people do
I want to be free, I want to be true.

One hundred good reasons against

The way we do believe in such urgent causes, mankinds own ego grows out of the false view from within. Do not let the sky get cloudy, open up yourself for the weakness of love. That so called weakness is a greatfull expression of feeling all clearness that has ever been tasted. A way of saying „helo" to your love and soul, a farewell wish to every humanbeeing that you meet.

Everyone is a soulmate. Some do behave alike some don't.

Some see eyes others see soul in your eyes.
Some wish you good luck, others pray for you.
People might search inside of themselves, some find light, some don't.
Be a part of what you have done, your history is past. To be what you are, means to become what you should feel. Empty bottle fills up with water, that comes from deep down out of yourself. Shining, a glance to your aura, some might understand, this person believes,
this person is going home, to the mighty creater of all things.

To come back, means to start walking, to start walking means to read the new testament! To understand Jesus means to believe in his words, to understand the truth: He was send from God-- means to love like He did.
Take a step forward means to call him ...

I keep on forgetting myself

Durch die Straßen der 5th Avenue, vorbei an all den exklusiven Läden, in meine Gedanken fest eingehüllt. Ich stieg heute in Harlem aus, einfach so, um diese Stadt von allen Fassaden zu spüren. Arm und Reich treffen sich in dieser Stadt, wissen Sie das eigentlich? Wissen die Leute der 5th Avenue eigentlich, wie es aussieht, ein paar Straßen weiter nördlich oder südlich? Bronx und Queens und Harlem. Angezogen von jedem Individuum, das ich sehe, von jedem Menschen, der lebt, beobachte ich genauestens die Verhaltensweisen und Gespräche. In Cafés und Restaurants, in U-Bahnen und beim Musicalbesuch. Endlich nach einem anstrengenden Tag der Forschung frage ich mich jetzt am Ende des Tages: Was macht die Menschen nur so unterschiedlich?

Ich sehe nur Zusammengehörendes, antreibende Gefühle, die in allen Ländern identisch sind und Bewusstseinszustände, die mit Vietnamesen und Kubanern oder Afro-Amerikanern zu teilen sind. Von Chelsea über 42nd Street hin zu China Town und Little Italy. Überall war ich, saß ich und analysierte die Umstände. Was fand ich heraus? Nichts. Alles ist doch schon gesagt worden. *All are one.* Ob die Erdenbürger das nun wollen oder nicht, ob sie sich besser stellen wollen als andere, oder ob sie sich herausragend kleiden, um Anerkennung zu erhalten und sich Werte vermitteln, um sich selbst mehr zu lieben als ihren Nächsten. Sie kommen nicht drum herum, irgendwann zu erkennen, dass ihr Gegenüber dasselbe fühlt und sieht und denkt. Ob er Geld hatte oder keins, das ist völlig belanglos. Wichtig auch für Hamburger Bürger.

Ob der Mensch auf der Straße schläft oder in einer Limousine fährt. Wo ist der Unterschied – im Inneren der Menschen –? Da ist wenig, was uns innerlich unterscheidet, oder? Alles ist eine Frage der inneren Ausrichtung. Jeder könnte eine Limousine fahren. Also ist der, der sie jetzt in diesem Moment fährt, kein besonders reicher Mensch im Inneren, oder? Wenn ein jeder, selbst der Obdachlose an der Straßenecke, dieses Auto fahren könnte, so zeigt das doch nur, dass alle dieselben Fähigkeiten in sich beherbergen. Dasselbe beherrschen. Dasselbe fühlen. You're just the same as me! Warum nur nehme ich mich so wichtig, überhebe mich über andere? Warum nur leben wir aneinander vorbei und nehmen uns selber nicht wahr? Heute Morgen zum Beispiel stand ich in der Reihe vor dem Arbeitsamt in Hamburg-Wandsbek. Alle warteten gespannt auf den Moment, wo jemand die Tür aufschließt und wir das Gebäude betreten dürfen. Niemand sprach ein Wort. 20 Leute vor dem Gebäude. Keine Regung. Dann endlich kam ein Mann und schloss von innen die Tür des Arbeitsamtes auf. Kein „Guten Morgen", keine Beachtung. Unsere Augen, seine Gesichtszüge waren streng, nicht ein einziger Blickkontakt, kein einziges Wort. Oh weh, ja wenn wir jeden Tag so anonym miteinander leben, ist es ja kein Wunder, dass Isolation und Egoismus aus diesem Boden des Lebens sprießen. Ich konnte mir ein extremes Lächeln über diese Situation nicht verkneifen. Auch wenn die Menschen denken, ich wäre verrückt – So what, I just smile! Es mischte sich Unbehagen in unser Leben. Diese kühle Art der Menschen. Es mischte sich Verwunderung über diese Distanziertheit und es mischte sich Trauer unter uns. Trauer darüber, dass sie alle voneinander gar nichts wissen wollen!

So schlendere ich also in dem Zeitraum, der mir bleibt, umher und wundere mich über die gleichen Verhaltensmuster von einem Land zum anderen. Alle sind voneinander gelöst, auseinander driftend, wie das expandierende Universum. Einige Treffpunkte bringen die Menschen wieder zusammen für eine kurze Zeit. Um sich dann in diesem Raum eine gewisse Geselligkeit zu holen, die sie zulassen. Nachdem dieser Raum aber wieder gelöst wird, ist das Individuum völlig auf sich gestellt. Das gilt für den alten Mann an der Bushaltestelle genauso sehr wie für den Außenseiter in der Schule. Es benötigt immer ein offenes Herz, das Einsamkeit erkennt und durchbricht, durch Annäherung.

Vergessen wir uns für eine Sekunde, nehmen wir ganz bewusst einige Minuten den anderen vor Augen und überlegen wir, wie er sich wohl fühlt in diesem Moment, wo er wohnt, was er wohl tut, wie er wohl mit sich zu kämpfen hat.

Ich denke, dass diese Überlegung uns öffnen können, für das Mitgefühl und Interesse an dem anderen. Ein Gespräch kommt somit vielleicht zustande?

Isolation wird durchbrochen, Gefühle sprechen vielleicht?

Das Universum der Menschen wird dann für einige Sekunden angehalten, da es nicht mehr expandiert und sich voneinander trennt, sondern du gibst dem Universum eine Gravitation, in der die Menschen zueinander in Begegnungen und im Austausch sind. Sie schweben im luftleeren Raum der Entfremdung und Dunkelheit. Ja wirklich, die Schwerkraft ist in uns selbst, jeder besitzt Schwerkraft für den anderen, um ihn zu halten, damit er nicht fällt – in die Tiefen des Weltalls.

Wenn wir uns dessen bewusst werden, werden wir Freundschaften am laufenden Band schließen wollen.

Der Letzte Brief über Untreue

Die 100 Dinge des Lebens rauschen an mir vorbei, ich halte keine Sekunde davon auf, alle Geschehnisse schwinden dahin. Are you his girlfriend?, are you his wife?, don't you want another son in your life?!

Der Suchtfaktor beglückt sich in dieser Zeit durch eine Freiheit, wie wir sie, bevor es Fernsehen gab, nicht kannten. Nicht in dieser Legitimation! Wenn ausschweifend nicht so harmlos klingen würde, würde ich es gebrauchen, jedoch gefällt mir das Wort **lasterhaft** eher. Wenn also etwas ein Laster ist, so wird es vielleicht von dem Sinn *Last tragen* kommen und scheint eher ein Beweis für Schwere im Leben zu sein. Auch wenn der Rausch diese Schwere einfach wegdrücken kann, ohne dass der Mensch jemals von Last sprechen würde. Dem Wegdenken ungeachtet ist die Seele aber weiterhin mit Zentnerlast beschlagen.

Ich habe da einen guten Ausweg gefunden, wenn die Last der Untreue von anderen auf mir lastet, dann denke ich daran, wie der Schmerz von hungernden Kindern in Afrika sein muss, und dann relativiert sich wieder alles. Wissen Sie, so gesehen versuche ich auch etwas wegzudrücken, um es mir nicht anschauen zu müssen. Die Konsequenz wäre ja dann alles Bestehende, Verlogene durch eine Revolution wie 1919 in Deutschland abzuschaffen. Ich meine diese GEMEINHEIT, Hinterlist, Verlogenheit und ca. 42 andere Dinge, die Menschen sich untereinander antun.

Im Makrokosmos sind Kriege und Hungersnöte gemeint, im Mikrokosmos die Lügen der Mitmenschen. Warum nur?

Und wenn wir alle nur noch das Jawort geben würden, ehrlich zu sein?

Selbst wenn die Wahrheit schmerzen und überfordern würde, wäre es mir doch lieber, sie zu durchleben, als in Unehrlichkeit und Geheimniskrämerei oder Unwissenheit zu vegetieren …

CRAWL

O.k., abgeschlossen. Eine fertige Sache. Klar, die Tränen in den Augen werden niemals fließen, dafür verstehe ich die Abläufe der irdischen Existenz zu sehr. Bin bereit für den Weg nach oben, dort wo die Liebe grenzenlos ist, die Geborgenheit mein Sein auflöst und Teil einer Ganzheitlichkeit wird. Wir hätten zumindest ein Teil des Lebens miteinander bestreiten können. Ein Hauch von Liebe hätte uns umhüllen können, nur für eine Zeitigkeit ... We can still be just friends. Nun gibst du mir jedenfalls einen Schub in die richtige Richtung, If we could fall down – and listen hard If I could show you the picture in my heart! Natürlich ist deine Lieblichkeit eine subjektive Sicht, aber du wirst eh deinen Weg gehen, mit wem auch immer, ich gedenke deiner, ich weiß, was du beinhaltest und ich werde wohl diese Gefühle in mich hinein versenken und sie verstauen, irgendwo hinten in dem unbewussten Sektor meiner Seele. Geh, ich spüre deinen Atem nur noch aus der Ferne, es ist kalt geworden, ich muss mich zudecken, die Frauenkörper in der Zukunft werden mir eine Decke sein. Der Gedanke an das Allumfassende war nur ein Hirngespinst meinerseits. Aber ich akzeptiere, wenn ich deiner Liebe nicht hoheitsvoll bin, so ist wohl alles gesagt.

Du hast deinen Weg, ich meinen und alle sind glücklich und verrückt und geschunden und anormal und alles bleibt beim Alten, und ich küsse deine Lippen und ich erschlaffe in deinen Armen und ich gehe jetzt ...

Versuch einer Methodik in Bezug zum irdischen Verbleichen durch die Tatsache, dass echte Beziehungen einen Beliebigkeitsgrad erhalten haben, wie nie zuvor. Alles ist in haltlosen und unehrlichen Ehen zu sehen. Zu sehr liebt jeder sich selbst, zu sehr ... and if this is what he wants and it is what she wants, why is there so much pain? Mein Gesicht setzt Falten und knirscht sich zusammen, ich falle in eine Schlucht, in der die Verlorenen zu Hause sind, ich gedenke ihnen, schüttele ihre Hände und wir nennen uns Leidensgenossen. Niemand trägt hier ein Gesicht, denn wir sind alle der Hoffnungslosigkeit der Einseitigen-Leidenschaft ausgesetzt und somit verbergen wir unseren Ausdruck vor uns selbst!

TOO FRAIL TO WAKE THIS TIME

Loving her the way she contains to be life-game-vision, no way out of herself, betrayed by urge hedonism, now I am here to stay – all I can do is pray to find another dimension where we are one. Your future floats directly into warm soft places, where love can't be beaten.
All I ask of you is to break up the liar inside of you. That would mean to leave all desire, that's constructed in your head. Now is the time, now I am the rider, with a sword in my hand, truth will come, love will cut all the lies in two ... new light shines to wake up.

ALL SHE ASKS IS THE STRENGTH TO HOLD ME

Emotions, they hold on to a war that can't be won. You fear the future, she will cut and throw you up.
Leave you hanging on that end of the rope that is your desire, strangled by her unmoral events. Notice the voice: clear your eyes from dirty lies … Tongue told storys and you were hoping to puzzle it all to one … A remixed lifetime; she can't see clearly through her consciousness. By all of her intellect means less emotions.
A bright light in our time with no sense at all. Where will we go? When it's all an empty dream? I am still acting up all that must be done. A feather lies over my mouth, she breathes. Sweet little sin – I call my wife – don't you know, you can't win. Even you are a taste like a morphine drug that puts me in another dimension.

Verehrter irdischer Freund,

manchmal müssen Worte auf Papier stehen, damit sie verinnerlicht werden. Die täglichen Abwehrkämpfe, in Bezug auf Menschen und ihren Angriffen, müssen wohl so zu dem gesamten Konstrukt des Menschen gehören, wie auch das ständige innerliche Kämpfen mit dem Faktor Neid und Eitelkeit.

Menschen sind Fehler! Fehler ihrer selbst. Besonders wenn sie einem wehtun wollen mit bewusst gesetzten, negativen Angriffen. Das irdische Chaos hat seine Berechtigung, Morde, Folter und Zerstückelung sind handgemachte Menschheitshandlungen. Nur der Mensch ist für all dies verantwortlich, nicht Gott! Wer es auch immer anderen Kräften zusprechen möchte, schiebt seine eigene Schuld von sich, in trauriger Feigheit.

DER BRIEF

Du bist allein und doch ist da die einseitige Leidenschaft, die dich über die Dimensionen der Erde herausheben lässt. Dich spüren lässt, wie sehr die Liebe dich ruft. Höre auf die Worte deiner inneren Mitte, die da sagt:

Das tugendreiche Sein ist der Weg – der einzig richtige Weg!
Mit jeder Reife ziehst du ein in das Haus des Schöpfers.
Alles hat einen Sinn, jede Sekunde im Leben besteht aus „Werdung".
Also verzage nicht – alles ist gut. Hilfe ist unterwegs.
Dich zu retten, vor der wahnsinnigen Welt und ihren Abläufen.
Zärtlichkeit erwartet dich.

Gereinigtes ist präsent, nun lebe auf deinem Weg weiter dem Lauf des Daseins entlang.

Please notice: WHOM FOR WHEELS ARE TURNING!

Der Rausch

Als wenn der eigene Geist dreist, wie er ist, anpeitscht zum Berauschen an der Welt und an ihren Verlockungen, mich eigens versucht.
Wie sollte ich mir selber trauen, wenn ich mich selbst betöre oder gar hineintauchen möchte in Fleisch?
Nur der Glaube, das Bewusstwerden lassen der Wirklichkeit Gottes, kann mich vor dem Untergang im Rausche bewahren.

Von der Besessenheit der Gerechtigkeit

Wann wird der Wunsch nach „JUSTICIA" übertriebene Besessenheit, in der man vor lauter Überzeugung ganz vergisst, dass nur noch Gottes Gerechtigkeit gerecht ist. Es ist o.k., sich mehr mit dem schwarzen Personal eines Restaurants zu identifizieren, als mit den reichen Gästen.
Aber wann wird aus dieser Idee eine Ablehnung den Gästen gegenüber?

Spiritualized

Leicht federt die Stimme über dich hinweg – Geliebte,
leicht sind meine Bewegungen, um dich zu küssen, hinfort zu tragen zu der anderen Küste, wo kein Mensch
lügt noch betrügt noch verunglimpft – Jahrelang falsch
verdächtigt!
The Love can rule the head!
Ziehe mich zu dir, wie ein polarisierter Lichtkegel an
seinem Bestimmungsort ein wenig verweilt. Oh Kontur
der Weiblichkeit, was zieht uns Männer nur in diesen
Bann? Dennoch, die Niedlichkeit wird siegen über alles,
was giert, und daher, weil ich das eben Gesagte absolut
glaube, wird Treue doch noch siegen!!
Ich fühle mich frei, gehalten von den Wolken und ihrer
Schönheit der Natur, und alles ist gemacht für uns Menschen, die Blumen, die Sonne, die Fruchtbäume, die Tiere
und DU ...

SHENANDOAH

Er wich höchstens 20 Zentimeter von der Brandung zurück, nicht einmal ein Stein hätte zwischen ihm und dem Abgrund Platz gehabt, so nah war er dem Tieffall. Endlich konnte er die Punkte am Horizont des Himmels erkennen, die Schiffe kamen in Sicht. Er stand auf dem höchsten Punkt des Berges und überblickte das Meer vor ihm. Der Sonnenaufgang überströmte diese herrliche Aussicht gen Himmel und ließ alles in einem roten Feuerschein erglimmen. Die Brise frischen warmen Windes formte sich um sein Gesicht und ließ die braunen Locken in das Gesicht fallen.

Ein zufriedenes Lächeln durchzog seine Wangenknochen und ein warmes Gefühl in der Herzgegend kündigte an, was alles als Nächstes geschehen würde. Die Fregatte des alten Walisers und der Freunde aus New Yorkshire waren schon fast im Hafen angelaufen. Sie würden ihn mitnehmen. Endlich! Von der Stätte seines Geburtsdorfes gehoben, geleitet mit Gottes Kraft und in sich voll Verbrüderung seinen Dorfgenossen gegenüberfühlend, den Menschen, denen er begegnen wird in Zukunft, jetzt schon so nah!

Dieser Gedanke vertiefte sich, indem er ihn weiterdachte: Solange er auf Erden verweilen wird, so lange wird ihm selbst die Freude an der Liebe zu den Menschen nie vergehen!

Er nahm den alten Hut in seine Hand, das gute Stück Erinnerung, von einem spanischen Admiral vor langer Zeit als ein Geschenk überreicht worden, als er noch Kind war und von der Seefahrt nur träumen konnte. Er hob ihn zum Himmel empor und winkte stürmisch mit den Händen, um der Mannschaft des ersten Schiffes am Horizont zu signalisieren, dass er sie vom Festland aus sehen konnte. Eine Wolke brachte für kurze Zeit alte Erinnerungen zurück: So war es doch immer sinnvoll gewesen, als junger Mann, das Medizinstudium liebend, die Leiden der Dorfbewohner zu lindern. Ja, das war eine sinnvolle Aufgabe. Er verstand es, Mitmenschen Vertrauen zu schenken, besonders denen, die an das Wort der Mitmenschlichkeit gebunden waren durch ihren Glauben. Er hatte eine wichtige Stellung in der Dorfgemeinschaft inne. Aber es trieb ihn in den Jugendwunsch hinein, ja es war seine Leidenschaft, das Meer und andere Kulturen endlich kennen zu lernen.

Alison, Hebamme und das Gewissen des Dorfes, seine Schwester im Dienst der Fürsorge gerechter Schlichtungen, stand plötzlich hinter ihm. Er drehte sich behutsam um, erblickte Tränen in ihren Augen und er wusste, warum. Wie sehr er mit ihr weinte, wenn auch männlich verschlossen nur innerlich.

„Wirst du je zurückkommen?", flüsterte sie fragend mit zitternder Stimme. Er blickte lange in die sanften braunen Augen seiner geliebten Schwester. Seiner einzigen Frau im Leben, der er alles opfern würde. Und nun, wo sie ihn ansah mit leichtem Vorwurf, wusste er, das er sie enttäuschen musste.

Seine Mundwinkel verzogen sich zu einem bitteren Lächeln, er fasste keine Worte. Wie auch? Die Antwort wussten beide. Er nahm sie in den Arm und sie ließen sich in ihre traurigsten Gefühle fallen. Ein letztes Mal ineinander, alles was je von Bedeutung für sie beide war, gestand er ihr, indem er weinte. Dass es ihm nie gelingen wird, sie zu vergessen, wurde damit zum Ausdruck gebracht.

„Wirst du auf das Grab von Mutter und Vater Blumen für mich legen?", fragte er sie leise, wissend um ihre Antwort. Sie nickte nur und lag dann mit dem Kopf seiner Schulter nah. Wie sehr haben sie durchgehalten, durch alle Wehen des Lebens. Mehr als aufopferungsvoll für andere Dorfbrüder und Schwestern gedient und sich nie um die Probleme der Wütenden gekümmert, sondern immer um die Habenichtse und Bettler. Die Klosterschule absolvierend, kam Alison früh schon allein zurecht und somit war der frühe Tod ihrer Eltern nicht das Ende des Lebens. Sondern nur der Neubeginn eines verantwortungsvolleren Lebens.

Aber es wurden damals harte Zeiten des Überlebens. Und nun nach einigen Jahren, nachdem ihnen ein Stück Glück geschenkt wurde, sollte es nicht lange bleiben. Denn die Zukunft nahm sich die Freiheit, ihr wieder ein Stück Geborgenheit zu nehmen. Alison trauerte.

Das Geschäft ihrer Eltern lief seit einigen Jahren gut und die Einnahmen waren für das gesamte Dorf eine Wohltat, da immer der Zehntel allen Gewinns in die Gemeindekasse gelegt wurde. Der Sinn des Lebens schien ihr zuzurufen, und nun sollte alles anders werden!

Ihr Bruder würde gehen und nicht wiederkommen, bis sie sich irgendwann im Himmel treffen würden. So, nun würde es sein.

Was sollte der Mensch einer Bestimmung entgegensetzen?

Sie traten den Hügel hinunter zum Hafen, allen Spielwiesen ihrer Kindheit entgegen. Der Sandweg war umschlungen von saftigem hellgrünem Gras, dieser Weg diente beiden schon von Kindheit an als Spielwiese und somit war beiden ein wenig Trost in den Stunden des Abschieds gegeben. Erinnerungen waren am Aufflackern und lebten kurz vor ihren Augen!!

Stunden Später
Das Schiff entschwand dem Horizont und noch immer sah Alison dem Punkt nach, an dem sie ihren Bruder vermutete. Vögel sangen hinter ihr, und um sie herum waren die schönsten Blumen des Sommers am Duften. Der Tag entschied über ihr weiteres Leben. Nur, wie wird

sie leben? Was wird aus ihrer Leidenschaft für das Singen, wird der Ton des Lebens noch getroffen? Kann es die Zukunft geben, in der sie allein durch die Dorfgeschehnisse wandern wird, oder wird sie einen Gemahl finden, der sie inwendig verstehen wird? Alles lagert offen, aber das Vertrauen in die *schützenden* Hände blieb. Ihr Trost ist der Glaube an das, was nicht gesehen wird, aber woran sie schon immer geglaubt hat:

Das, was sie golden umgibt, wenn sie in das klare Wasser springt und sich in ihrem Inneren ausbreitet, wenn sie anderen Menschen hilft, wenn sie freudig den Menschen begegnet, Alten und Waisen. Wenn sie verbindet und sich immer wieder an deren neues Glück durch ihre Hilfe freut. Das goldene Gefühl von Wärme und Geborgenheit, als wenn sie nie allein existieren wird, da ihr die Liebe ein ständiger Begleiter ist.

Wonach soll sie also trachten, wenn sie doch schon alles in sich trägt, und sich um die Lebensumstände nur wenig Sorgen zu machen braucht. Es gibt jemand, der für sie sorgt, der schon immer für sie gesorgt hat. Der am Anfang allen Seins stand und sich um alle Geschöpfe dieser Welt kümmert. In ihr kam ein Gefühl der Erleichterung auf, ein Wohlgeruch trat in ihre Nase und sie wusste, dass alles gut enden würde, wohin ihr Bruder gehen wird, sie wird im Geiste mit ihm sein ...

NOVALIS

Durch die Dunkelheit des Weltalls kommt etwas geflogen, es sprudelt lichterloh, ein Schweif feuriger Energie durchwandert die Einsamkeit des Universums, vorbei an so vielen runden Geschöpfen und Sternschwaden, hin zu einem blauen Planeten.
Es überwindet kinderleicht die Erdatmosphäre und bahnt sich seinen Weg zu mir.
Der Sternenstaub umhüllt mich, von nun an leuchte ich wie eine Wunderkerze und gleite mit ihm, über den Himmel hinauf, an einen Ort, wo wir einen neuen Gast in uns aufnehmen.
Du bist eingeladen!
Lass dich doch bewegen, es fühlt sich schwerelos an.
Wir tanzen zu ein und derselben Sternenmusic. Die kristallklaren Töne sind unser Geschenk von ganz oben, wir sollten sie in uns aufnehmen und nie wieder vergessen.
Ein Klang wie ein Chor aus dem Paradies, ein Tanz, so schwungvoll wie der Wind, der uns umgibt.
Wir stehen auf der Klippe zum Sein, wir sind vor der großen Tür, es ist die Mauer gefallen, wir treten ein.

Du behaglich Schönes, wir ergeben uns der Empfindung, eingehüllt in einer Seifenblase, tanzen um uns herum die Sternschnuppen, Ein Gleiten hinauf in die Unendlichkeit, weiter, weiter, durch alles hindurch und noch ein kleines bisschen empor.
Es ist so anmutig um mich herum, ich weiß nicht, wie ich alles in Worte fassen sollte, denn diese Gefühlsebene ist nur immateriell zu erfassen – um dem wahren Sinn annähernd zu entsprechen. Zu Hause! Ich fühle mich dort hin gezogen.
Unter Tränen zu schreiben, um deinen Tränen näher zu sein.

Es ist ein gutes Gefühl zu wissen, dass ich Gefühl auf Papier bringen kann, es gibt mir einen Ausweg aus irdischen Abläufen, ich kann mich ganz auf deine Person komprimieren. Dieser Bauch, er schwebt vor mir und ich erfasse ihn, greife mit langsamen Fingerbewegungen um ihn herum, drücke mich an ihn, er beinhaltet deine Existenz, die ich so sehr mag ...

MENSCHEN IN LIEBE

Sie erstrahlen im Licht der Freude, der Begeisterung und der Glückseligkeit. Wie verwandelte Schmetterlinge, die den ersten freien Flug als solche erleben; atmen sie die Liebe ein und aus. Dieser Elan, dieses alles überbrückende Lächeln macht aus ihnen einen neuen Menschen – einen Menschen in Liebe.

Es ist das seichte Gefühl, die überdimensionale Wahrnehmung der objektiven Gegebenheit, welche uns an den Rand der Existenz führt. Der Grenzgänger aus Hingebung, die Grenzgängerin – sie sind voller Wahrhaftigkeit im Angesicht der Liebe. Siehe, in solchen Momenten beherbergen wir Menschen unsere hässlichen Streitereien nicht. Kein Krieg und kein Rassismus, keine Arroganz und kein Zorn! Alles, das gesamte Sein lässt sich im Moment der Liebe ausdrücken. Da ist der Mensch ein Volles-Bewusst-Sein!

Töchter des Himmels. Brüder der Luft. Sie erblühen in jedem Blau und bei jedem Atemzug erschaffen sie einen neuen Menschen. Wie ist es möglich, hier in diesem Augenblick, nicht für immer verweilen zu wollen??!

cracked rock top wall let the ash to fall

Es gibt keine Türen im Haus und die Sonne erstrahlt jeden Raum, das Wetter ist fantastisch, abends angenehm und ständig eine süße kühle Brise Zartheit. Durch unser offenes Haus ohne Dach fließt ein kleiner Bach mit duftigem Wasser. Und die Tiere ruhen am Bach in der Mitte des Hauses. Ich lebe, atme endlich Freundschaft und Frieden.

Der Wunsch nach einem neuen Leben, der Wunsch an Gott gerichtet, mich hinauf zu tragen, wo die Bäche durch mein Wohnzimmer fließen und Bäume aus meinem Bett herauswachsen, auf denen Vögel sitzen und ich mich mit ihnen unterhalte. Der Tag zergeht nie und die Menschen leben in ständigem Gebet und nur mit kleinen Anfechtungen ihres Geistes. Darf ich bitte dort wohnen? Bitte.

Postmodern-Poem to the world

I wish I could – do you think I should?
Wait and listen at the same time
To the sound that echos all around:
Mankinds ego doesn't fall on the ground
I talk about the way we treat each other around

If it is all right to have an affair beside, then something is
not right
If it is all right to watch T.V. all night, then something is
not right
If it is cool to beg for nicotin, and our kids so green want
to watch sex & violence by routine. Wake up 'cos it's no
dream!
And our girl she wants to be like the perfect one she sees
on the screen
While in third world countrys people get treated so
mean
And our boy wants to be strong
Totaly wrong
like all men he used to know play the show
When still the muscles make a man –please son do not
become a fan
They make accumulation and war sexy one day
Hey,
just to sell it for profit at the stock market for global play-
ers.
I see the Ozon layers and the delphins in oilwater die,
why oh why?
But we rather eat up empty sweets with cream
Please wake up sister 'cos it's no dream!

Everyone is so selfrighteous,
so sad selfrighteous,

so mad selfrighteoues

will there be hope for the world?
I am opening up my heart to the core of creation:
Everyone is a friend
Everyone is the same as me

Warm Hands and the things you say ...

Erstaunlich, wie weich ein Händedruck sein kann. Beinhaltet dieser sanfte Druck eine Innenwelt? Könnte ich das doch auch von mir sagen. Aber leider drücke ich die Hände der Menschen nicht so *behutsam*.

„Würdest du meine Hand noch einmal drücken?"

„Danke ..."

Erstaunlich, sanft und irgendwie weich.

Wie drücke ich seit Jahren Hände? Ständig selbstsicher und ausdrucksstark, nur um überall überzeugend zu wirken.

Im Händedruck liegt der innere Charakter eines Menschen verborgen. Deshalb werden wir immer alle aufgefordert, „endlich mal richtig zuzudrücken und nicht so lasch dabei zu sein".

Hörte ich im Laufe des Lebens oft. Also änderte ich meinen Händedruck und wurde einer von ihnen. Gerade von Menschen, die besonders viel Zielstrebigkeit hatten, und das von anderen regelrecht auch forderten, wurde man ermahnt.

Du nun drückst mit einem weichen Druck, kaum spürbar, zurückhaltend und unberührt angenehm. Gar nicht so, wie es die Gesellschaft fordert. Solche ungewöhnlichen Händedrücker kommen meist aus Dörfern der weit entferntesten Orte Europas, oder aus den unschuldigen Gebieten Nord Afrikas und Indiens, dort wo das Fernsehen als Rollenmodel noch nicht durchgeschlagen hat. Wissen Sie, was ich meine? Dort wo **Unberührtheit** noch ein Wort der Wirklichkeit ist.

Ich würde gerne wissen, wie der Ort aussieht, aus der sie zu stammen scheint. Gibt es dort einen Brunnen, aus dem die Menschen Wasser mit Krügen schöpfen und gibt es dort Beeren, die sie pflücken und Kühe, die sie melken? Oder hat die angebliche „Zivilisation" ihre Pfade hinterlassen

und sie bekommen Wasser aus dem Wasserhahn. Fahren sie Traktoren und haben sie Kühlschränke? Gibt es Tage, wo sie sich mit den Lämmern auf einer Wiese ein Picknick gönnen? Oder ist das alles übertriebenes Wunschdenken? Also gehe ich dieser inneren Frage nach: „Woher kommen Sie, Mademoiselle??"
Ein schüchternes Grinsen öffnet ihre Gemütsart und sie spricht:
„Aus dem Dorf Alexandria, 150 Kilometer südlich von hier."
„ Wo, bitte, liegt dieses Dorf genau?"
„Oh, wissen Sie, es liegt weitab von diesem Ort, sie müssen schon die Berge hinter sich lassen, um mein Dorf zu finden. Es ist ein kleiner Ort."
„Sind Sie dort aufgewachsen?"
„Ja. Es mag für Sie verwunderlich klingen, aber ich bin dort mein ganzes Leben gewesen, ich kann sie beruhigen, es war ein einfaches und gutes Leben. Bis jetzt jedenfalls."
Beide lachen wir
„Sehe ich Sie wieder?"
„Oh, ich weiß es nicht, mögen wir das doch in die Hände der Zukunft legen."
Habe mich also nicht getäuscht. Irgendwie war das doch klar. Stadtmenschen passen sich ihrer harten Umgebung an und assimilieren sich, während die Menschen aus den einfachen Gegenden mit gewissen Tugenden aufwachsen, die wir Städter doch gar nicht mehr kennen! Dieses gilt für China genauso sehr wie für Honduras oder Kuba oder Polen oder die Türkei oder Jordanien.
Ich nehme ihre zarte Hand in die meinige und küsse sie sanft zum Abschied auf den Handrücken.
Ich weiß ganz genau, dass ich eigentlich ihre Unschuld küsse und ihre Naivität, die mir so sehr gefällt. Ich werde diese Person wohl nicht mehr wiedersehen, aber eines

weiß ich ganz genau, sie beinhaltet das, was ich um mich herum im Jahre 2003 des Tages der großen Metropolen und ihrer Dominanz nur noch selten vorfinde. Ehrlich gesagt, ist mir so eine Person noch nicht untergekommen. Nur auf fernen Auslandsreisen in meist katholischen Hochburgen des Anstands.

Ich freue mich über diese wunderbare junge Dame, ich schätze sie auf knapp 25 und hoffe inständig, dass sie mit 40 auch noch in dieser wundervollen Aura sein wird, indem sie sich einfach aus diesem Sumpf der Großstadt fernhält. Ich hoffe es sehr. Dann wird sie verschont bleiben von dem ständigem künstlichem Gehabe und dem gierigem Gesabbere der Großstadtmenschen. Daher der Kuss auf den Handrücken, als Zeichen höchster Achtung.

Mit einem großen Lächeln verabschiedet sie sich von dem Geschehen. Sichtlich geehrt. Natürlich werden meine Freunde denken, dass ich dick aufgetragen hätte, oder dass ich Show machen würde. Aber die Wahrheit ist eigentlich, dass ich wirklich dieser Person mehr Glück für ihr Leben zu wünschen vermochte, als allen Freunden, die sich eh mit dem Leben im Hedonismus abgefunden hatten.

Nur, wer wird mir glauben?

Manu

Nothing ever goes my way

Darf ich mich vorstellen, ich heiße „Black Eyed". Meinen wahren Namen nenne ich nicht, denn in der Schule rufen sie mich auch nicht bei meinem Namen. Ich bin halt „Black Eyed". Woher der Spitzname kommt, es lag daran, dass sich in der 7. Klasse auf Klassenfahrt am Lagerfeuer des vorletzten Abends bei einem harmlosen Spiel herausstellte, dass ich der Einzige in der Klasse war mit dunklen Augenpupillen. Alle anderen hatten grüne oder blaue Augen. So bekam ich den Spitznamen „Black Eyed"! Dass dieser Abend mein ganzes Leben verändert hatte – wird mir erst heute bewusst. Seither wurde ich fast täglich bei diesem Namen gerufen. Jeden Tag in der Schule und im Freundeskreis, jeden Tag lachten sie über mich, jeden Tag dieser Vorwurf, der aus der Beleidigung eine Hinrichtung machte – seelisch gesehen. Wenn ich schon so sehr im Mittelpunkt der gesamten Schule stand, so wurde es mir bewusst, welches Ausmaß dieser Mittelpunkt angenommen hatte, als mich fremde Schüler in der Freizeit ansprachen, um sich an meinem Namen zu belustigen. Meistens riefen sie mir einfach nur nach. Das war immer so peinlich, vor anderen Menschen auf der Straße oder in den Geschäften. Oh, wie ich mein Leben anfing zu hassen! Wie ich alle anfing zu hassen. Meine Eltern, weil sie nie etwas davon erfuhren, weil ich mich nie mit ihnen darüber unterhalten konnte, weil sie einfach nicht zuhörten, nie zuhörten. Meine Welt wurde einsam und einsamer. Jahrelang hatte ich kaum Kontakt zu Mädchen. Sie würden mich ja eh nicht haben wollen, wer will schon mit „Black Eyed" gehen? Nur unser Klassenlehrer, Herr Trebesius, – der war in Ordnung – er mochte mich, setzte sich für mich ein, wenn die Kids mich zu sehr erniedrigten, und er unterstützte mich auch, als meine Versetzung in die 10. Klasse der Realschule gefährdet war. Er war überhaupt mein einziger Lichtblick. Komischerweise trug er immer einen Widerstand an seiner Strickjacke. Echt, so ein Ding, was man nur aus dem Inneren eines Taschenrechners oder dem Physikunterricht kannte.

Als ich 16 wurde, interessierte ich mich plötzlich für das Starke im Mann. Irgendwie musste ich ja die Komplexe kompensieren. Glücklicherweise schützte mich die Vernunft davor, rechtsradikal zu werden. Aber die Jungs akzeptierten mich jedenfalls. Sprachen immer davon, dass alle Schuld für meine Schwierigkeiten, das Leben zu meistern, bei den Ausländern und Juden liegen würde, irgendwie wollte ich das nicht ganz glauben, – denn ich kannte ja den wirklichen Grund für meine Entfremdung zur Gesellschaft. Die Hänselei über Jahre hinweg war der Grund, warum ich mit den Menschen nicht mehr klar gekommen bin. Nun, jedenfalls war der starke Mann ein Vorbild, der Deutsche, wie er sein sollte. Ich dachte ungefähr ein Jahr lang so, dann lernte ich mit 17 Jahren KiKi kennen. Nachdem ich die Schule abgebrochen hatte und ehemalige Schüler davon hörten, dass ich jetzt ein ganzer Kerl bei den Rechtsradikalen geworden war, bekamen sie endlich Respekt vor mir – dem unsicheren kleinen sensiblen Licht. Als die Hooligans und Skins in meinem neuen Freundeskreis aber loszogen und wirklich Menschen brutalste Verletzungen zuzogen, wurde mir schlecht. So viel Blut, so viel Schmerzen, nur weil ein Mensch aus Afrika kommt? Nein!, schrie es durch mein Herz in meinen Kopf hinein, das ist falsch! Ich zog mich immer mehr aus der Rechtenszene zurück und Kiki, meine Freundin, half mir dabei. Sie war sowieso die einzige Person, die wirklich barmherzig sein konnte. Ich wurde 18. Sie verliebte sich neu und für mich brach eine Welt zusammen. Zu der Zeit

wurden gerade in Ost-Deutschland Asylheime angesteckt
und Vietnamesen hatten eine Heidenangst. Alte rechtsra-
dikale Freunde wollten mich dazu einladen, mit ihnen zu
kommen. Es passte zeitlich gut, denn KiKi war fort und
ich wollte unbedingt etwas kaputtschlagen, dafür, dass
mich das Schicksal immer so gemein behandelt.
Ich wusste, das die Vietnamesen nicht schuldig an meinem Looser-Leben waren, aber die Versuchung, Hass
abzulassen, war verführerisch. Das Einzige, was mich
doch noch rechtzeitig davor bewahrt hatte, mit den irren
Kids loszuziehen, waren zwei entschiedene Ereignisse in
meinem Leben, die einen Tag vor Hoyerswerdaer statt-
fanden:
Das Erste war, dass ich Montag, am Nachmittag, beim Ein-
kaufen meinen alten Lehrer traf, Herrn Trebesius. Er stand
direkt vor dem Edeka Markt in meinem Wohnblock und
verteilte mit seiner Frau Handzettel für die PDS. „Was? Sie
hier …?", sagte ich nur geschockt.
Wir unterhielten uns angenehm und er fragte mich nach
meinem jetzigen Leben. Seine Freundlichkeit war wie immer beeindruckend. Er war einfach ehrlich und entgegen-
kommend, nahm meine Argumente auf und sah in mir
einen Menschen. Ich unterhielt mich eine Stunde mit ihm.
Es war wohl das beste Gespräch, was ich jemals hatte. Er
gab mir echt Respekt! Und damals ganz wichtig für mich:
Hoffnung! Ich sollte mich um eine Ausbildung bemühen,
ich sollte daran denken, eine Zukunft mit Familie vor
Augen zu haben. Normalerweise, wenn meine Eltern so
redeten, wurde ich aggressiv, aber bei ihm war das anders.
Er wusste, warum ich mit der Bierdose vor ihm stand.
Warum ich arbeitslos war und die Haare aus Schmerz vor
der Vergangenheit kurz geschoren hatte. Er wusste das, er
kannte die 8., 9. und 10. Klasse der Realschule in Weimar
und die Jahre, in denen ich nur „Black Eyed" war.
Ich freute mich unheimlich über seine lockere Art und

seine Sorge um mich. Ich wünschte mir damals etwas in Gedanken: *Wenn mein Papa doch auch nur so sein könnte* ... stattdessen gab es nur Streit. Alles war gegen mich. *I am forever Black Eyed – a product of a broken home.* Am selben Abend, nach der Begegnung mit meinem ehemaligen Lehrer, sah ich Fernsehen: AMERICAN HISTORY X. Ein genialer Film über Rechtsradikalismus in den USA, und wie der Hauptdarsteller durch seinen ehemaligen schwarzen Lehrer der Highschool wieder zur Besinnung kam und sich von den Rechten ganz lossagte. Die Vernunft siegte in diesem Film. Alles wurde plötzlich klarer. Es war keine Zufälligkeit. Ich wusste jetzt, warum ich Herrn Trebesius fünf Stunden vorher getroffen hatte. Ich wusste nach diesem Film, was ich zu tun hatte. Ich rief Stubbe an, eine Freundin von KiKi und bat sie, mich bei ihr für einige Zeit wohnen zu lassen. Ich musste raus! Raus aus meiner Vergangenheit und raus aus dem Dorf, das mich nur unter Black Eyed kannte. Stubbe war super freundlich und verständnisvoll. Ich fuhr also nächsten Tag nach Leipzig und blieb ganze sechs Wochen bei ihr. Der Abstand tat mir so etwas von gut. Alle Probleme verschwanden über Nacht. Ich wusste jetzt, dass mir das Schicksal eine neue Chance geben würde. Eine neue Ebene der Vernunft war am Horizont für mich aufgegangen. Ich wusste es jetzt, endlich, endlich einmal meinte das Schicksal es gut mit mir. Heute bin ich froh über das Schicksal und die Logik, die in einem Schicksal liegen kann.

Schicksal ist es, wenn du die Zeichen erkennst, die dich von deinen falschen Wegen abhalten wollen, indem du erkennst, was ein Film oder eine Begegnung bedeuten kann, wenn du es wirklich sehen willst ...

Thomas Weber alias Black Eyed

DIE STIMME AUS DEM HERZEN

Sie standen an der Reling, er hielt seinen rechten Arm um sie und beide blickten dem Wasserfluss nach, der ungefähr 30 Meter unter ihnen floss. Die Nacht war etwas kühl und zu diesig, um sie gemütlich nennen zu können, ein dichter Nebel umschloss die Brücke, auf der sie standen, im Norden und im Süden war keine zehn Meter mehr zu sehen, so dass beide sich ganz allein auf einem Flecken Erde befanden, fernab wirkend von aller Menschheit. Hier nun war es, wo er ihr die Frage stellte, die besondere Frage, welche ihn sein ganzes Leben lang schon innerlich nervös werden ließ. Etwas, das ihn oft schon neugierig werden ließ, da er bis heute keine Antwort erhalten hatte. Nun schlug die Uhr halb eins und der Big Ben sang in dieser Nacht das Lied der Glocken. Als der Turm verklang, fing Jake an, sie etwas zu fragen, flüsternd etwas in Gedanken versunken sagte er: „*Claire, wäre es möglich, dass wir nach dem Leben hier, etwa weiter existieren werden?*"
Ihre Augen verfingen sich sofort in seinen tief braunen sanften Augen, jene Augen, die keine Lüge kennen und nur wenig Boshaftes gesehen haben, jene Augen, die sie seit ihrem ersten Heiratsantrag zu lieben begann. Welches Glück, einen so aufrichtigen Mann an seiner Seite zu haben. Er hatte sich oftmals schon über Dinge mit ihr unterhalten, die außergewöhnlich waren, von Politik und ökonomische Fragen über religiöse Dinge hin zu allem, was es in Zeitungen und Büchern über Menschen und ihrem Leben an Geschichten zu erzählen gibt. Vor allen Dingen konnte er mit ihr stundenlang diskutieren, sie wiederum konnte über ein Theaterstück stundenlang reden, ohne auch nur im Geringsten ein Detail auszulassen, so dass sie sich schon oft gewünscht hatten, dass beide doch als Kolumnisten in Zeitungen schreiben könnten.
Doch Jake lehnte jedes Mal ab, wenn sie ihn bat, sich zu

bewerben. Er sagte ihr immer, es wäre zu viel Manipulation in den Tageszeitungen und er würde mit seinen individuellen Auffassungen, die sehr kritisch seien, nie irgendwo Anklang finden. Er könne sich nun einmal nicht verstellen oder konform gehen, darum wollte er lieber seinen unspektakulären, aber gerechten Weg als Postgewerkschaftler weiterführen, auch wenn das Gehalt sie beide nicht gerade ernähren konnte.

Die Liebe zu seiner Frau war das Glück schlechthin, sie gab ihm genug, um Kraft zu schöpfen. Seine Auffassung von humanistischer Moral fand in ihren Augen immer Zustimmung, so dass er sich keinen besseren Gegenpol vorstellen konnte als seine Frau, die ihn immer verstand. Nicht mal Greg, seinem bester Freund, konnte er all seine Ideen zumuten, geschweige denn, er würde ausreden können. Aber bei Claire schon. Und er lernte viel von ihm.

Es gab nur ein Problem zwischen ihnen. Alles, was sie sich wünschte, war ein Baby, alles was er zurzeit wollte, war ein Stück des Sinnes der Welt zu begreifen. Diese metaphysische Seite an ihm war ihr nicht verständlich. Er war ihr in allen Dingen so nah, nur hier stand er ihr fern. Eine Lebensausrichtung, die in ihren Augen nicht bodenständig genug war. Viel zu philosophisch abstrakt. Sie mochte die irdischen Dinge, wie Kinder bekommen und ein Haus bauen, kleine Präsente zum Valentinstag oder das gute Essen bei Luigi Camaron, ihrem Lieblingsitaliener in der Piccadilly Circus Street. Doch von der Frage, ob es ein Leben nach dem Tod geben würde, war sie schlichtweg überfordert. Darum sagte sie nur gelassen:

„Wer weiß, vielleicht.

Meine Mutter allerdings war strikte Katholiken, und wie du weißt, war sie überzeugte Gläubige, außerdem kennst du ihre Auffassungen doch. Diese Dinge wie sonntags ist Kirchentag und kein Fernseh-Tag, ja und diese anderen Ideen von den zehn Geboten ...“

Er lächelte sie an und suchte nach Worten, aber es gab nur eine Leere des Nichtwissens in seinem Kopf. Die Sekunden verstrichen und er stockte, verfing sich in ihrem gutherzigen Gesicht. Der Frau, der er vieles im Leben zu verdanken hatte, auch seine stets gute Laune. Endlich erlaubte er seinen Gedanken Worte zu bilden, er antwortete ihr mit einem warmen Händedruck: *„Nun ja, die Gespräche mit deiner Ma habe ich immer gemocht, aber viel haben wir nicht an Gemeinsamkeiten gefunden. Ihr Weltbild schien so starr. Aber seitdem ich den Artikel im Morning Star gelesen hatte, über das Erlebnis von einem Gläubigen, der sich durch Gebet von einer schlimmen Krankheit heilen ließ, von der Kraft Gottes – wie er sagte, ja, seit diesem Artikel bin ich mir nicht mehr ganz sicher, wie ich dieses Phänomen irgendwie einordnen soll. Claire, ich meine, wie soll man so etwas glauben können -, dass alle Ärzte sich getäuscht haben und dass ein bis dahin unbedeutender Mensch dazu fähig war, sich von einer Stunde in die nächste ganz von Krebs zu heilen, nur durch Gebet?? Kannst du das irgendwie logisch einordnen – Claire?"*

Sie nahm seine Hand und drückte sie herzhaft, gleichzeitig umschlang sie der Nebelwind und hüllte sie ein in eine Welt, die nur aus ihnen beiden bestand. *„Jake, vielleicht ist was an der Sache. Aber was sollte uns das kümmern, ich würde lieber über ein Familienthema mit dir sprechen. Hast du schon darüber nachgedacht…?* Er unterbrach sie, indem er sich aus seiner Verantwortung befreite, dies hieß, sich aus ihrem Handgriff zu lösen und dann begann er mit den Händen zu fuchteln, während er aufgeregt sagte: *„Aber sieh doch mal, wenn es so etwas wie Gott wirklich geben würde, der uns von Geburt an kennt und uns durch dieses Leben begleitet, wie es deine Mutter immer zu nur behauptet hatte. Also dann, nur dann sind wohl auch Heilungen möglich durch ihn. Oder denk doch an die vertane Zeit, die wir in Unwissenheit leben, auf uns selber bauend und doch immer wieder scheiternd im Leben.* Bitte, Claire, stell es dir nur ein einziges Mal vor, was, wenn deine Mutter tatsächlich Recht hat?! Zumindest in ihrem Glauben an die Wahrheit?" Er nahm sich die Zeit und starrte an ihr vorbei, in die Dunkelheit, die so still und gütig wirkte, da sie ihm zum Nachdenken verhalf. Dann, nachdem sie beide geschwiegen hatten, redete er weiter: „Claire, es ist möglich, dass unser Wissen über das Menschendasein so dunkel ist wie diese Nacht. Hältst du es für möglich, dass wir von einem Schöpfer abstammen, der alles erschaffen hat?" Sie lehnte sich an die Reling der Brücke und atmete tief aus. Enttäuschung lag auf ihrem Gesicht. „Du, ... immer wenn ich dir etwas unterbreiten will, wo du genau weißt, was ich meine, wechselst du geschickt das Thema, mein lieber Herr Jake Timothy, ich will jetzt nicht über den Sinn des Lebens sprechen, sondern über unser Ba..." Schnell führte er ihren Satz zu Ende: „...Baby? Ich weiß!! Aber Claire, lass mich noch eines sagen, bevor ich dir antworte." Er holte tief Luft und sah ihr in die Augen, als wenn er ihr erzählen wollte, das sein Haus in Feuer stand: „Wenn also die Welt erschaffen wurde, wenn also Gott der Grund aller Dinge wäre, dann und nur dann gibt es auch ein Leben nach dem Tod. Und wahrscheinlich hat deine Mutter all die Jahre lang Recht gehabt, vielleicht nicht in religiösen Details, aber zumindest mit der Wahrheit über die Bibel und warum wir existieren, warum Gott existiert. Dann aber Claire, wird es auch so etwas wie ein Paradies geben, und wenn es ein Paradies gibt, Claire, habe ich keine Angst mehr vor dem Tod. Und zu guter Letzt, wenn es auch noch stimmt, sich also so zugetragen hat, wie dieser Artikel im Morning Star behauptet, dann wird es Zeit, etwas zu lesen, ein Buch, das sich mit der **Kraft der Heilung** beschäftigt, ein Buch, in dem Worte stehen von einem, der geheilt hat aus Liebe. Und dieses weitergegeben hat an alle, die an ihn glauben. Ich rede von dem Neuen Testament, von der Bibel!!

Ich denke, die Worte von deiner Mutter, denen ich gern zugehört habe, haben ihre Wirkung bei mir erzielt, all die jahrelangen Gespräche wirken sich just in diesem Moment aus. Ich glaube, ich will im **Neuen Testament** *lesen, Claire."*

„*Ich will es wissen, gibt es auch für uns und unserem Baby eine Botschaft ...*" Claire stockte der Atem, ihr Gesicht strahlte auf einmal Freude aus, erhellte sich, als wenn eine Sonne in ihr leben würde. Freude war in ihrem Ausdruck zu lesen, echte tiefe Liebe für ihren Mann überkam sie, und einen Stolz auf ihn, der sich soeben für das entschieden hatte, was ihr seligster Wunsch war ...

Er nahm sie in die Arme. Sie schritten die Brücke entlang, fest umschlungen, sich liebend. Das erste Mal sahen sie ihre Zukunft gemeinsam vor Augen. Es gab nun viel zu überprüfen – zu erfahren, sich nächtelang auszutauschen über diese Schrift und ihre Bedeutung und eventuell, ganz vielleicht ... auch weiterzugeben an ihr Kind.

Bist du denn Gottes Sohn? Er sprach zu ihnen: Ihr sagt es, ich bin es.
Lukas 22.70

The End